Calling《コーリング》

花丸文庫BLACK

かわい有美子

Calling《コーリング》　もくじ

イラスト／円陣闇丸《えんじんやみまる》

Calling

序章

二〇四九年、東ユーラシア、極東《きょくとう》ロシア特区《とっく》には、対極東軍事基地が設《もう》けられていた。その厳重《げんじゅう》な警備が敷かれた軍事基地内の一角、堅牢《けんろう》、かつ最先端の設備を備えた将校《しょうこう》用の居住スペースは、静かな夜を迎えようとしていた。

時刻は深夜一時に近い。

静まりかえった部屋の中、特殊な形状のスコープをつけた黒髪の男が、両手を操作パネルの上に置いていた。

かたわらの装置のライトが時折静かに明滅《めいめつ》する中、男は半眼《はんがん》でほとんど身じろぎせず、画面の下の世界へとひたすらに意識を凝《こ》らしていた。

ただただ暗い世界の中へと、己を投げ込むように潜《もぐ》り、非止規の探索《たんさく》を行う。

人知れず続けるこの探索は、男が情報特殊部隊に配属されて以来、ひっそりと続けているものだ。

ほんのわずかな「気配」と「意識の揺らぎ」という手掛かりだけを頼りに、気の遠くなるような探索を続けている。

男の探査能力は、かつて人工的に奪われた。以来、血の滲《にじ》むような努力によって、それに代わる特殊探査能力を身につけたが、以前ほど完全なものとはいえない。

その上、男が探す相手は、自分の気配を消す術《すべ》に長《た》けている。その能力は、男が別れた時よりもさらに磨《みが》かれ、今となっては極東地域でも、一、二のエキスパートともいえる。

相手の特化した能力の凄まじさを知るのは、いつも事後だ。広大な極東地域の様々な特区の軍部や情報部が、目の色を変えてその存在を暴《あば》き、捕らえたがっている。

それでも、男が極東ロシア軍の意向とは別に、一人、遠い異国の地にいる相手を探し続けているのは、自分とその相手との高い親和性《しんわせい》を信じているからだ。

相手の表層下の意識なのだろうか、呼びかければごくごくかすかに呼応《こおう》する。

それは応答ともいえないほどのかすかな揺らぎに過ぎないが、確かに呼びかけに反応している。

探索を始めて数年、彼と別れてからはいったいどれだけの月日が流れたのか。

十七年…。

男は深く沈んだ闇の中、声に出すことなく胸の内で呟《つぶや》く。

今、男の意識は自分の属する極東ロシア特区、及び、日本特区の厳重な監視の目をくぐり、密《ひそ》かに設《もう》けたいくつかの潜入《せんにゅう》ルートを通って、日本特区内にあった。

意識レベルを通常警戒されるよりもさらに深く潜行《せんこう》させ、ひそかに意識の揺らぎを探るのは、深海を泳ぐ行為にも似ている。探る時間に限界があるのも、どこか似ている。

その時、男はひっそりとした息遣いにも近い感覚を覚えた。
パネルの上に置かれていた手が、わずかにぴくりと揺れる。
男はその姿勢のまま、わずかに感じた気配を探る。
——昴《すばる》。
彼の仲間が、不用意に呼びかける声が脳内に滑《すべ》り込んでくる。
——昴《プレイヤードウィ》……？
ああ…、と男は笑った。
「見つけた…」

一章

I

暗がりからはるか遠い光の一点を目指し、矢方怜《やかたれい》は意識を浮き上がらせてゆく。かたわらには息を殺し、寄り添うように付き従う複数のメンバーの存在がある。いずれも、意識を一点に集中させていることがわかる。矢方はその仲間を率《ひき》いて、急速に意識を収束させてゆく。

光に向かうスピードが一気に速まるのは、怜の力だ。周囲の仲間を引き寄せ、一気に高みへと引き上げてゆく。

そのあまりのスピードに、暗がりの向こうに現実世界がねじれながらも、透けて見えてくる。

頭の奥で、明滅《めいめつ》する光と共に警告のアラーム音が意識の中に飛び込んでくる。

ドンッ、とポッドの中に一気に意識を飛び込ませるのと同時に、様々な測定装置をつないだ身体が、ポッドの座席の中で衝撃を受けて跳《は》ねる。

しばらくは警告音と共に、赤い光が明滅している。

やがて乖離《かいり》しかけていた意識が、現実の身体を把握《はあく》する。任務後、怜がいつも重さと疲労とをどっと感じる瞬間だ。

『…脈拍五十六、血中酸素濃度《けっちゅうさんそのうど》九十五…、意識レベルの正常値を確認しました。ポッドの安全装置を外して、座席のロックを解除して下さい』

よく耳に馴染んだ機械的なアナウンスが流れる中、怜は身体中に沈むような倦怠感《けんたいかん》と虚脱感《きょだっかん》を覚えていた。摂取薬物の影響か、鈍い頭痛も覚える。

座席のロック解除ボタンを押したものの、しばらく怠《だる》くて身体をポッド内の座席に沈めたままでいると、ポッドの窓の向こうに非常に大柄な男の影が見えた。

「怜、大丈夫か?」

まだ頭部につけたままのヘッドモニターから、直接、男の声が流れ込んでくる。

怜は鈍い瞬《まばた》きを応えに代えた。顔の上半分を覆《おお》うスコープ越し、それを見て取ったのだろう。

大柄な男——怜に次《つ》ぐ、チームの準リーダーであり、精神的にはリーダーの怜よりもチームの核となっている槇《まき》が、ポッドの扉を外側から開く。

「お姫様のお目覚めか?」

「目ぇ開けたまま、寝てんじゃねーぞ」

開いたポッドの向こうから、チームメンバーの一人である痩《や》せた男と片目の男が下卑《げび》た言葉を投げてくる。

仕事を離れれば、チームの最年少でもある怜へのメンバーのからかいはいつものことなので、怜はそれをほとんど表情も変えずに無視した。

スコープを外すと、扉を開けた槇がポッド内に身をかがめ、いつものように手を差し伸べてくる。怜はそれに摑《つか》まり、怠《だる》い身体を起こした。

ポッドに乗り込んだ時と同じ、メンバー用の黒のハイネックのタイトなボディスーツに黒のスラックスという、非常にシンプルな制服を着用している。特殊繊維で編まれた、光《こう》学迷彩《がくめいさい》スーツだった。それは槇はもちろん、声をかけてきた男達も同じだ。

怜は槇の手を借りてポッドから出ると、外側に無造作に引っかけていた黒のロングコートを制服の上に羽織る。

所属を示すコードも階級章も何もない制服だった。しかし、この施設内にいる者なら逆に、この光沢のない黒ずくめの光学迷彩服を来た男達が、施設のどこに、何のために所属するかを知っている。

そして、このかたわらの屈強《くつきよう》で大柄な槇はもちろん、二十八歳という最年少でチームを率いる、中背で細身の表情薄い矢方怜の姿も知られていた。知られているのは姿形ばかりでなく、名前や能力、その仕事内容、そしてかなり特異な人となりも含む。

今、施設の中核をなすのはこのメンバー達で、施設そのものがこの情報操作工作班「昴」

のために存在しているともいえるからだ。

くせのない黒髪を無造作に切りそろえた怜の顔立ちは、若い東洋人の男としてはかなり整っている。涼しい目許は切れ長、鼻筋はすっと細く、唇は薄い。しかし、表情の薄さのせいで面白みのない印象、場合によっては見る者に等身大の人形のような印象を与える。整っているが表情に乏しく、逆に画一的で特徴のない、印象に残りにくい顔ともいえた。

顎まわりはやや華奢《きゃしゃ》で、薄くきめ細かな肌も相《あい》まって、実年齢よりもかなり若く見える。そのせいでよけいに、チームの男達にからかわれる。

男達は任務における怜の飛び抜けた能力を熟知しているが、その分、日常での反応の薄さは見た目以上に幼く、子供っぽく思えるらしい。

坊や、などとふざけた声をかけてきたのは、最初にからかいの声をかけてきた井波《いば》という男だ。痩《そ》せて削げた頬に口髭《くちひげ》を蓄《たくわ》えていて、まっとうな定職についているような男には見えないが、サイバー空間内では工作のエキスパートだ。各国のサーバーの高度なプロテクトやサイバー障壁にもかかわらず、破壊や逆トラップなどを巧《たく》みに仕掛けてみせる。

「あいかわらず、お通夜みたいな顔してんなぁ」

「井波」

槇が低く咎めるが、怜は表情ひとつ動かさなかった。

「バーチャルセックスでもして、さっさと寝ろよ」

「こんだけ疲れてたら、勃つもんも勃たねぇだろ」

破壊能力と攻撃力に長けた隻眼《せきがん》の赤間《あかま》が、井波の向こうで頰を歪《ゆが》めるようにして笑っている。黒ずくめで短く髪を刈り込んでいるため、井波と同様、堅気《かたぎ》には見えない。

「坊やはまだ三十になってねぇだろが」

「三十前っていったら、毎晩ナイトクラブの裏手の店でよろしくやってたよな。バーチャルセックスなんて単調で味気ねぇ、本物の女に比べたら屁みたいなもんだ」

傭兵《ようへい》上がりの二人が女の話に沸《わ》く横を、ドレッドヘアの宇野《うの》がさっさと追い越してゆく。口数は少ないが、分析、探査能力は高い男だ。

「お疲れさん」

宇野の背を追うようにして歩く江口《えぐち》が、怜と槇を追い越しがてら声をかけてくる。槇に次いで体格がよく、工作能力にも長《た》けている。槇と共に、怜の支援及び、掩護《えんご》にもまわることが多い男だった。

いずれも怜と共に作業に携わるチームメンバーだ。極東日本特区の専任情報工作チームだった。リーダーの怜を核として、計六人の男がまとまって動くため、明るい星の集まる有名なプレアデス散開星団《さんかいせいだん》の和名、「昴」の名で呼ばれている。

「怜」

どこか甘さのあるソフトな声が、スピーカー越しに呼びかけてくる。

ポッドを出て、ほとんど無表情で歩いていた怜は、そこで初めて声の主の方に顔を振り向けた。自分達のいるブースを見下ろすガラス越し、白衣を身につけた長身の男を怜は切れ長の目に捉える。

「上がっておいで」

白衣をまとった一ヶ瀬慎一《いちがせしんいち》のやさしげな声に頷き、怜は槙と共にエレベーターに乗り込んだ。

管理室の扉が開くと、一ヶ瀬はタブレット型の端末を手に、研究員らと何か話しこんでいる。

怜がエレベーターを降りたところで突っ立っていると、話を終えた一ヶ瀬はにこやかに微笑んだ。

年齢は四十二歳、目許に柔らかな笑い皺があるが、甘いマスクと長身、バランスのいい体軀《たいく》は、施設内の女性に人気だった。施設管理官で独身の中佐という肩書きも、人気を押し上げている。

「今日は負荷が大きかっただろう。疲れた顔をしてるね」

一ヶ瀬の大きな手が伸びてきて、労るようにそっと頰を撫でてくれる。怜はわずかに目を伏せた。その手の温《ぬく》もりは、子供の頃から馴染んだものだ。普通の人間のような一般的な感情は稀薄《きはく》だが、こうして一ヶ瀬に触れられると怜の中にも安堵《あんど》に近い想いが起こる。

表情はほとんど変わらなくとも、ポッドを出て初めて怜が見せた人間らしい反応に一ヶ瀬も気づいたらしい。頬に触れた手は怜の髪を撫で、首筋から肩、背にかけてをゆっくりご褒美のように撫でてくれた。

「血圧が少し高い。薬だ、飲んで」

一ヶ瀬のかたわらに同じ白衣の男性職員が、水の入ったコップと共にいくつもの錠剤をトレイに載せて控えている。

鎮静剤と痛み止め、安定剤、栄養補助剤…、十種類近い薬を怜はその場で飲み下す。

「そんなに必要なもんですか？」

後ろに護衛のように付き従った槇が低く尋ねるのを、一ヶ瀬は軽くいなす。

「怜とのつきあいは、私の方が君よりも長いよ。力が強い分、制御が非常に難しくてね。これでもかなり減らしているんだが、力が暴走して困るのは怜本人なんだ」

怜は男達が自分についてやりとりするのを、何の感慨もなく聞いた。

長年の薬物の利用により、すぐ近くで見ると瞳の焦点が合っていないように見えるのも、周囲には人として不安定な印象を与えるらしい。怜が等身大の人形のようだと言われるのは、そのせいだろう。槇はそれらを案じたのか。

自分の能力は非常に暴走しやすい、不安定なものだと知っている。

世界でも屈指の経済大国である日本特区は、先の二〇一七年の大戦以前、二十一世紀に入ってサイバー戦争が始まった頃より、各国から格好の犯罪行為やサイバーテロの標的とされてきた。それを守るため、最先端の科学技術と今の怜の特殊能力を利用して、日本側がサイバー防衛のために生み出したのが「昴」のシステムだ。

不安定とはいえ、怜の能力なしでは存在しないシステムでもある。怜抜きで日本特区のサイバー域を守るには、専任の情報工作員の増員のために今の五倍以上の予算を割《さ》かねばならないとも言われている。

それを考えると、多少の薬物による能力制御はやむをえない。

「怜、今日はゆっくりおやすみ。明日は十時にこちらに来てくれればいい」

一ヶ瀬に背を押され、怜は部屋を出た。

周囲の会話に興味がないというよりも、一ヶ瀬以外のほとんどの人間の声は、薄い膜《まく》一枚を隔てたようにしか聞こえない。槙の声は他の人間の声よりも、まだいくらか聞こえてくるだろうか。

それ以外にひとつ、時折、サイバーゾーンに沈むと呼ぶような声が聞こえる気がすることがあるが、それはずいぶん遠い。

遠く宇宙の彼方から呼びかけられているような感覚だ。誰のものだかわからないのに、そして、怜を呼んでいると決まったわけではないのに、いつもどこかその呼びかけを懐かしいと思ってしまう。

遠くから呼ばれているような気がすると言うと、チームメンバーは皆、きまって嫌そうな顔をする。井波は、そいつはサイバーゾーンの魔物『セイレーン』だと言う。

その声に一度捕まると、現実世界に戻ってきてもその声に呼ばれているような気がして、呼びかけに応じたくなる。徐々に夢と現実との境目がわからなくなり、その声が潜《ひそ》む危険域へと引きずり込まれ、最終的には精神に破綻《はたん》をきたすと言うのだ。

これだけ科学の発達した世界で、そして、日本特区の誇るサイバー工作部門にいながら、そして、各地域のハッカーや工作員と最前線で渡り合いながらも、そんな迷信めいたことを大の大人達が真顔で語る。

それも井波や赤間、槇のような、かつて激戦区にいた傭兵や特殊部隊上がりが本気で嫌がるのが、怜にはいつも不思議だった。

普段、無口な宇野ですら、その声には耳を貸すなと言った。普段は現実的な槇ですら、呼びかけには応えるなと言う。

『セイレーン』について詳しく語れる者はいない。その呼びかけは、美しく幻惑的《げんわくてき》な女の歌声だったり、懐かしい母親の呼び声に似たものだったりと、聞く者によって印象は違うらしい。

らしいというのは、その呼びかけについて、今の科学では十分に解析しきれていないためだ。詳しく語れるほどに『セイレーン』の呼びかけを聞いた者は、深層域から現実世界に戻れず、廃人となってしまう。

一ヶ瀬はそのセイレーン現象を、サイバーゾーン内の一種のバグ、あるいは制御しきれない能力の暴走に対する本能的な警告、防御反応ではないかと説明している。

実際、敵のトラップに嵌《はま》る以外に、座標外の正体不明のサイバーゾーンの狭間《はざま》に落ち込み、意識が戻らなくなった者がいる。

現在、怜達がチームで動いているのは、それを阻止するためでもある。

そして、怜の能力が突出している分、他人の声が薄い膜の向こうに聞こえるように思えるのは仕方のないことなのだと一ヶ瀬は何度となく言い聞かせてくれた。

怜が人よりも『セイレーン』の呼びかけに強く反応するのもそのせいかもしれないと、一ヶ瀬はいつも思案顔を見せた。

これはある一定の能力が特化した人間に多く見られる例で、珍しいことではないという。

能力を制御するために飲んでいる薬の影響もある。

ミッションコントロールセンターを出た怜は食堂には向かわず、手前の売店で食事の簡易デリパックを受け取る。

いつもと同じAパック、サンドイッチとスープ、サラダという組み合わせだ。サンドイッチの具材は日々変わる。今日はチキンとアボカドのサンドイッチらしいが、別に中身が何であろうとあまり興味はない。一人で手早く食事を済ますことが出来れば、それでよかった。

基本的に人の多いところは苦手だ。様々な猥雑《わいざつ》な感情の渦が頭の中に流れ込んでくる気がする。意図的にシャットダウンはできるが、それはノイズにも似て煩《わずら》わしい。

デリパックを手に、居住区の自分の部屋へと戻る。怜の日常への関心の薄さがそのまま反映した、シンプルな部屋だった。

カーテンと寝具類にベージュを選び、用意してくれたのは一ヶ瀬だ。少しでも精神を休めるために、出来るだけ部屋の色合いは落ち着いたものがいいと一ヶ瀬は言う。おかげで、物のない無機質な部屋の印象は若干《じゃっかん》やわらいでいる。

怜自身は、ファブリックに明確な好みはない。そもそも、自分の部屋そのものに執着がない。部屋は単に寝るためのスペースだと思っている。以前の施設とは違って、相部屋でないことには救われているだろうか。

怜は部屋ばかりではなく、身のまわりすべてに対して無頓着だった。食事もそうだ。2Kのリビングに相当する部分は素通りし、コートだけを備え付けのソファにひっかけると奥の寝室へと向かう。

食事は寝室の窓辺に置いた小さなテーブルで手早くすませてしまうと、あとはすることもない。

怜は制服を脱ぎ捨てると、シャワー前の部屋着代わりにもなっているガウンを身につける。

身体が沈むような倦怠感とは裏腹に、任務後はいつも身体がどこか浮いているような高揚感がある。任務に対する緊張が解けるせいだろうか。普段、気分的な浮き沈みとは無縁なだけに、この時間ばかりは怜も楽しみな気がする。

怜はベッド脇の装置を操作し、いつものようにシンプルなヘッド装置をつけた。独身者居住区のほとんどに持ち込まれている、バーチャルセックス装置だ。

井波の言葉ではないが、無趣味な怜にとっては寝る前の安眠装置にも似ている。本当のセックスには到底及ばないらしいが、別に誰かと身体を重ねる必要を感じたことも、そこまでの貪欲さもないので、手軽な装置は便利だった。

いつものように、ベッドサイドから疑似《ぎじ》ドラッグの瓶を取り出して一錠飲み下すと、淡々とした表情のまま、相手に一ヶ瀬慎一のデータを選ぶ。

怜はある一定の能力を持つ子供達ばかりを集めた施設育ちだ。その子供の中から特に選ばれ、そのままこの基地へと配属された。一ヶ瀬とは、その施設で出会った。

怜も幼かったが、あの頃は一ヶ瀬も研究員としてはまだ新人だった。

だが、怜の能力を最初に見いだし、伸ばしてくれた。君の能力は未知数《みちすう》なんだよ、と一ヶ瀬が今よりも若い顔で笑ったのを覚えている。

あれから二十年近い年月を、一ヶ瀬と共に過ごした。両親のいない怜にとっては庇護者《ひごしゃ》であり、もっとも信頼している相手でもある。

槇に対し、怜とのつきあいは君よりも長いと言っていた一ヶ瀬の言葉は嘘ではない。普通の子供とは違うため、人と必要以上の密接な関わり合いをしてこなかった怜にとっては親代わりであり、少し歳の離れた兄のような存在でもある。

そして、子供の頃からずっと淡い思慕《しぼ》を寄せる相手でもあった。それは怜の中に、普通の人間らしい感情があるとするなら、という話だが…。

バーチャルセックスの装置は不特定の相手も選べるし、誰か特定相手のデータを入れて楽しむことも出来る。一ヶ瀬のデータは、基地内で誰かが入れていたものを裏データとして拾ったものだった。

一ヶ瀬は極東日本特区サイバー工作部門の有能な研究者であり、この施設を統括《とうかつ》する管理官という名の責任者でもある。見た目にも恵まれたこの男が女性に人気なのは、さすがに怜も知っている。

怜が拾ったデータは、一ヶ瀬に憧れる女性が入力したものなのか。場合によっては、男性だったのかもしれない。ずいぶん精度の高いデータで、姿形はもちろん、声のトーンも限りなく本物に近い。

怜は知らないが、一ヶ瀬にすでに誰か特定の相手がいても不思議はない。ミッションで怜と共にいる時間は長いが、プライベートなことまで怜に事細かに話して聞かせる男ではなかった。

怜自身も、人と会話をするのはうまくない。一ヶ瀬はまだ、怜にもっとも打ち解けて積極的に話をしてくれる方だ。

当初は女性のランダムなデータを入れていたが、一度、思いついて一ヶ瀬のデータを入れてみたら、一番愉《たの》しめた。以来、バーチャルセックスではずっと一ヶ瀬を相手に選んでいる。プレイはランダムだが、恋人型の愛され方をいつも選ぶ。

スイッチを入れてほどなく、ウェットなラブバラードと共に一ヶ瀬が目の前にその長身を現した。

「待たせたね」

いつもの一ヶ瀬の声で、白衣をさらりと脱ぎ捨てながら、ベッドの上に膝をつく。

怜が手を伸ばすと、一ヶ瀬も笑って身をかがめてくる。

首筋を引き寄せられ、やさしく唇を重ねられると、疑似ドラッグが効《き》き始めたのか、最初に感じた違和感も消える。

「慎一…」

普段は呼ぶことのない一ヶ瀬のファーストネームも、今はするりと呼べる。

男のネクタイに手を伸ばすと、一ヶ瀬の指がそれを手伝って襟許《えりもと》からネクタイを抜いた。

見た目よりもしっかりした首筋に腕を絡《から》め、キスの続きをねだる。

「可愛い、怜」

一ヶ瀬のソフトな声が耳をくすぐる。くすぐったくて思わず首をすくめると、ローブの襟許を割って大きな手がそっと胸許に忍び込んできた。

「…ん」

丸みのない薄い胸をそっとまさぐられ、舌先をすくわれる。無理のないやさしいキスにふわりと身体が浮き上がった頃、指の間にそっと淡い色の乳暈《にゅううん》を挟《はさ》まれる。

「あ…」

強弱をつけて揉み込むだけで、すでに固くなった乳頭にはなかなか触れてくれない焦《じ》らすような動きに眉を寄せる。

内股《うちもも》をスラックスをはいた長い脚で割られる。そのバネのある腰を両脚の間に感じると、それだけで身体に熱が点ったようになる。

「…?」

いつもよりも緩慢な愛撫に身を捩《よじ》った怜は、ふいに上に覆《おお》いかぶさった男に違和感を感じ、目を開けた。

「…!」

目の前にいるのは、三十前後の黒髪の見知らぬ男だ。まったく知らない顔が、すぐ目の前にあった。

怜は驚き、肘で後じさる。

濃い黒髪の男は一ヶ瀬よりも若く、さらに体格はいい。

怜よりいくつか歳上に見える男は、指を伸ばし怜の頬に触れた。なのにその指が頬に触れる感触がない。

——…！

怜はとっさに腕を伸ばし、枕許のバーチャルセックス装置の起動ボタンを探った。何かの間違いで設定が入れ替わったのだと思った。

「レイ」

明確な声で怜の名を呼び、男は目の前で微笑む。

黒髪だが、その目はわずかにブルーがかった灰色だ。

落ち着きのある端整な顔立ちは、怜よりもいくらか上、三十前後だろうか。その顔は輪《りん》郭《かく》がわずかにぶれ、時折、像がちらちらと消える。

「…誰だ？」

「レイ…」

男はさらにどこか切なそうな顔を見せ、怜のこめかみから両頬にかけてを手で挟むようにする。だが、それもやはり触れられる感覚がない。

だが、声は驚くほどに鮮明だ。

装置の故障、あるいは……。

バグ――……?

驚きにうっすら唇を開いた怜に、男は身を伸ばし、口づけた。

ぎりぎりまで顔を寄せられても、体温を感じない。だが、確かに唇に何か触れた感覚だけはあった。

怜が驚きに身じろぐと、男の声が直接頭の中に流れ込んでくる。

「レイ、君を探していた…」

男は低くささやくと、ふいにその像が左右に裂かれるように伸びる。そして、そのまま男の姿はかき消えた。

怜は跳ね起き、取りつけていたヘッド装置をもぎ取ると、スイッチをたたき切る。

さっきまで流れていたバラードも消え、暗い部屋は静まりかえっていて、何の気配もない。

「……何?」

怜はいつになく鼓動の激しい胸を押さえながら呻く。そして、まだ男の唇が触れた感触の残る口許をその手で押さえた。

知らないうちに冷や汗が背中を伝っている。

井波らの言う『セイレーン』の話を信じるわけではないが、単に装置の故障というにはは

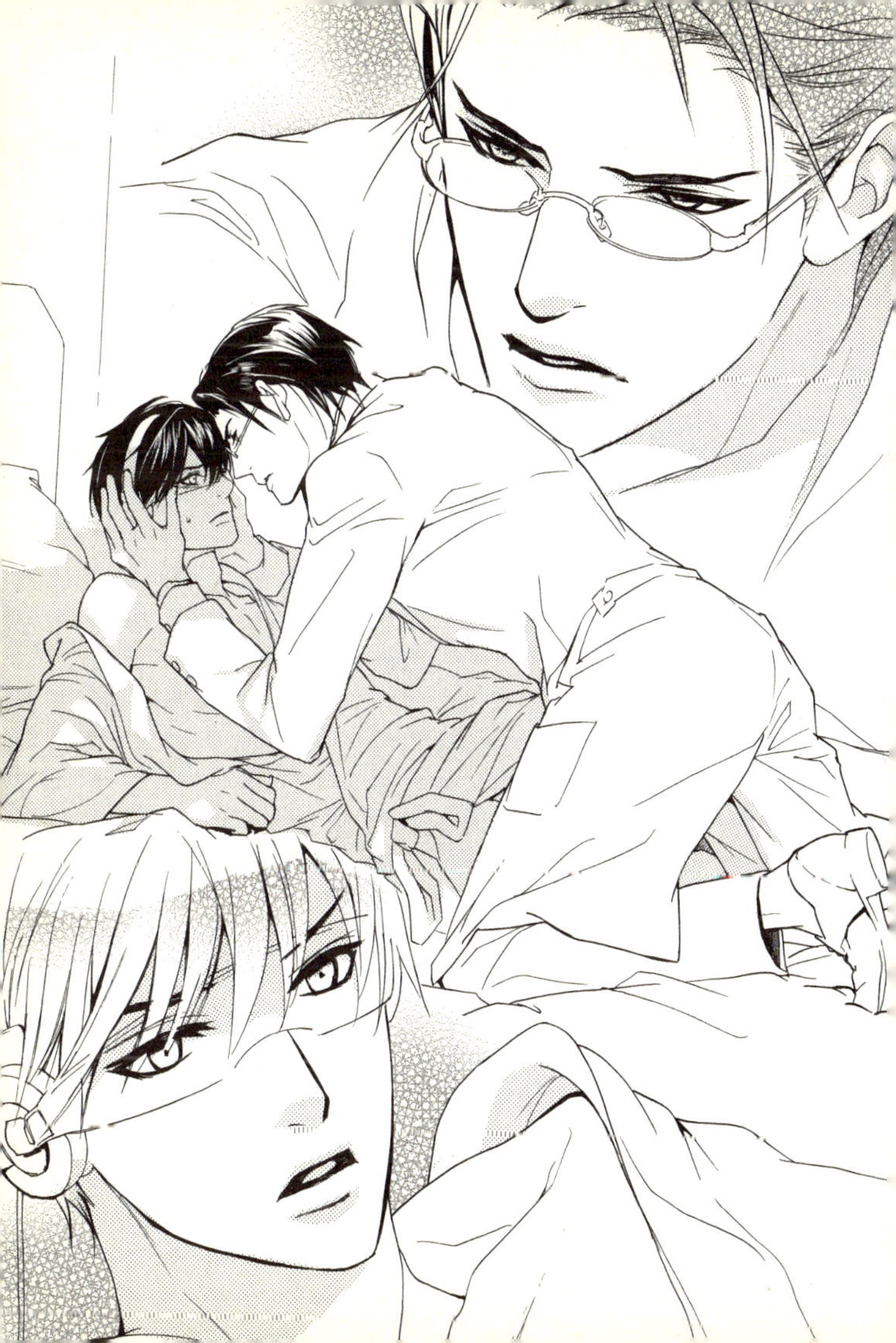

あまりにリアルな声だった。

まるで怜を知っているかのような呼びかけ、直接頭の中にささやきこんでくるような声は、はっきりと頭の中に残っている。

誰の声よりも明瞭《めいりょう》な、普段聞く一ヶ瀬の声よりもまだはっきりとした声…。

普通ならまだトリップ中のドラッグも醒《さ》めたようで、逆にシーツの冷たい感触ばかりが剝き出しの脚に妙にリアルに感じられる。

怜は脱げかけたローブの襟許を引き寄せた姿で、まだしばらくは呆然と暗闇を見ていた。


翌朝、怜はいつものようにシャワーを浴びると黒い制服を身につけ、朝食にスープだけを取ってミッションコントロールセンターに足を運んだ。

「…また、華北《かほく》の連中ですか？　ここ数ヶ月ほどのサイバー攻撃は尋常じゃない。これは戦時下とみなしてもいいんじゃないですかね」

槇の声が聞こえる。

「向こうはそれぐらいのつもりじゃないかな？　もっとも、今の華北のサイバー攻撃は政府による統制が取れてないから、そういった意味では戦時とはいえないね。ゲリラ的というか、サイバーテロというか…」

何か特別な報告を上げに来たらしい職員をかたわらに、一ヶ瀬が応じている。

戦時と聞いて訝しく思ったのか、怜の後ろから来た井波が尋ねた。

「何です？」

「昨日の晩、居住区サイバーゾーンへ特定できない異分子《いぶんし》の存在が認められたらしい」

「…異分子？」

「そう、分析できない未知の存在だね。経路もない。だから、解析《かいせき》できないものが存在したという記録になる」

一ヶ瀬は歌うように応え、目を細める。

「センターからの侵入ですか？」

「それが不思議なんだが、単発でわずか十数秒ほど居住区内にいたらしい。居住区のサイバーゾーンは、基本的にこのセンターから独立している。独立したゾーンへの移動は、まだ華北のサイバー工作員にも不可能だ」

「『跳躍《ちょうやく》』か？」

怜の後ろで呟いたのは、腕を組んで昨夜のデータを見ていた江口だった。

「『跳躍』っていうのは、あくまでも理論上の話だろ？　実際、出来る奴にお目にかかったことはねぇよ。そんな真似された日には、どんなサイバー防壁張ったところで無駄だって」

赤間が笑う。この赤間と井波は、かつてフランス特区の外国人部隊で傭兵として働いていたらしい。そのせいか、組織内ではかなり型破りだと槙は言う。

「新手《あらて》のハッキングシステムを開発して、これから始めるとか？」

「居住区にもぐりこんだところでなぁ…。どうせなら、センターシステム狙うだろ？　こんな場所に、こんな短時間なんて、単なるシステムエラーじゃないのか」

怜以外の男達がデータを眺めているのに、一ヶ瀬が声をかけた。

「どちらにせよ、三週間後、華北区や華南《かなん》区の攻勢に対抗するため、同盟関係のある極東ロシア特区から専任のサイバーチームが合同演習にやってくる」

「同盟関係」

笑ったのは井波だ。

第三次大戦から三十二年を経《へ》た今、アジア極東特区には日本特区、ロシア特区の他、国境の曖昧《あいまい》な戦略区と呼ばれる華北、華南を含む複数の紛争《ふんそう》地域がある。戦略区では紛争地域同士の対立ばかりではなく、日本特区やロシア特区といった他地域の資源や金融財産などを狙ったサイバー攻撃が頻繁《ひんぱん》に繰り返されている。

特に日本特区では、大戦時に大量流入してきた華北民や華南民による居住区や不法移民区が、今や治安の悪化も含めて社会問題となるほどに膨《ふく》れ上がっている。その種の居住区、移民街といった特区内部からの手引きも含めた攻撃は、近年、非常に増加していた。

日本特区とロシア特区では、それに対抗するために今は同盟関係にある状態だった。

「味方のふりした、敵じゃねぇのか？」

一ヶ瀬は何とも答えず、ただ小さく笑ってみせただけだった。

Ⅱ

三週間後、輸送ヘリから降りてきた、スーツ姿の極東ロシア軍の二十名弱のチームメンバーをモニター越しに眺めながら、井波が呟いた。

「連中、さすがに軍服では乗り込んでこなかったか」

黒っぽいスーツなので見た目には軍所属には見えないが、ロシアメンバーは全体的に体格がよいので何かの特務機関や警察関係者のようではある。

大戦後の大規模な人口の流入によって日本でも混血化が進み、全体的に体格がよくなってきたとはいえ、やはり骨格的な厚みや総筋肉量では劣る。

そのため、よけいに黒っぽいスーツの集団は特務関係に見えた。

「あれだけの荷物だ。中には入ってるだろ、色んなものが」

井波の指摘に槇は頷《うなず》く。むろん、解析課の方ですでに荷物にはスキャンをかけているのだろうが、ロシア側もそう簡単に手の内を見せるわけもない。

「案外、見た目がアジア系ってのは少ないな。混血化が進んでるから、もっとアジア寄りの連中がやってくるかと思ってたぜ」

肩をすくめる赤間に、井波が応じた。

「ロシア区は極東ロシア特区も西ロシア特区も、昔から色々な民族を抱えてるから、背の高いのから低いのまで人種的特徴がバラバラだろ。あと、見た目が東洋人っぽいのは、極東ロシアでもいまだにたいした出世は出来ないらしいぞ」

ドレッドヘアの宇野はガムを噛みながら、無言でモニターを操作している。チームメンバーの顔や虹彩《こうさい》を過去の犯罪歴や渡航歴などと照合しているらしい。バストアップでそれぞれの顔を捉《とら》え、記録、照会している。

宇野の操作しているカメラが最後にヘリから降りてきた長身の男を捉えた時、怜は一瞬、息を呑み、目を見開いた。

三週間前、バーチャルセックスの途中に現れ、怜の名を呼び、口づけた男だ。

今は銀のフレームの細い眼鏡をかけているが、間違いない。

鼻筋の通ったすっきりと男性的な顔立ちは、極東ロシア特区からのチームメンバーのうち、一番日本人に近い。黒髪で端整な容姿も、十分に日系ロシア人として通用する。

目の色はあの晩、怜が見たとおり、青みがかった灰色だ。瞳の色が一般的な日本人と違うのも、過去の大戦の影響でロシア系難民が大量に流入した日本では、たまに見受けられ

る。

口角がほんのり上がり、口許には薄い笑みを浮かべているようにも見える。

「…あれは?」

珍しく自分から声を発した怜に、宇野がモニターを操作し、スーツの襟許のチームバッジを拡大、解析する。

「極東ロシア軍所属のドクター…、多分、チーム専属の医師《ドクター》だね…」

メンバーのやや後方に他の研究員らと共に立っていた一ヶ瀬が、モニターを見てやや慎重な声を出す。

「医師?」

「そう、極東ロシア軍の軍医ってとこかな。この容姿なら、日系だろう。どういった素性なのかな…。この男のデータを解析課へ」

一ヶ瀬の言葉を受けて、井波が小さく口笛を吹く。

「専任のドクターまでつけてきたか。えらく本腰を入れてきたな。それにしても、ずいぶんいい男じゃやねぇか」

「ドクターなんてインテリだったら、別に優男《やさおとこ》でもかまわないだろ?」

「体格は悪くない。白人体型っていうか、白人でもかなり絞り込んだ身体だな。こいつは見た目ほどの、優男じゃないんじゃないか?」

「少なくとも、うちの医療班の偉そうな医師《せんせぇ》よりはな」

「あんな神経質なジジィはよぉ…」

男達の軽口も怜の耳には入っていなかった。

ただ、わずかに眉を寄せて、大きなキャリーバッグを二つ、慣れた様子で引く男を見ていた。軍関係者らしく、チーム単位の移動に慣れているようだ。

君を探していたという男の言葉は、今もはっきりと耳に残っている。怜にとっては、ここ最近で一番印象的な出来事だった。

「どうして…？」

怜の呟きに、井波が応じる。

「あ？　ドクターか？　そりゃ、あちらさんも色々ヤバい橋渡る仕事だからじゃないか？」

確かにサイバー工作では身体面での調整も多いし、サイバー障壁に引っかかれば、サイバー域に接続している情報工作員の視覚や聴覚が焼かれることもある。システムダウンを狙った大量の情報の逆流入により、脳そのものがダメージを食らう攻撃すらあった。

井波や赤間も、そういったカウンター攻撃を得意としている専任工作員だ。

ここではシンクロ率の調整などは医師資格も持つ一ヶ瀬が専任研究員として請け負っているが、地域によっては専門のドクターがついている場合もある。ドクターという名の、半ば技術者だ。特にロシア特区ではそうだという話は聞く。

依然、三週間前の出来事を一ヶ瀬にも報告できていない怜は、無言でブルーグレーの瞳を持つ男を眺めた。

そのドクターの次に画面に映ったのは、目つきの鋭い背の高い男だ。

「これが今回のリーダーっぽいな」

槇が身を乗り出した。

宇野がスーツの胸に着いた小さな身分章をアップにするまでもなく、周囲の男達は背の高い男の指示を受け、整列して日本側のスタッフを待っている。

出迎えにゲートまで向かうつもりなのだろう、白衣をまとった一ヶ瀬が他の研究員らと共に行きかけ、振り返った。

「明日の向こうとの初回打ち合わせには、槇君と江口君に立ち会ってもらおうか」

「お姫《ひい》さんは？」

井波の問いに一ヶ瀬は首を横に振った。

「怜は出さない」

「当たり前だろうが」

井波を笑ったのは赤間だった。

「秘蔵っ子な上に、このコミュ力の低さだぜ。表に出せねぇよ」

コミュニケーション力が低いと言われても、事実なので気にならない。そうだろうなと思う程度だ。怜の存在を秘匿《ひとく》しておきたいのもわかる。

怜に以前、呼びかけてきたドクターが、なぜ、今、こうして姿を現したのかもよくわからない。あれはドラッグでトリップした影響もあったのか…。

違法でないとはいえ、ドラッグの使用については一ヶ瀬には報告していない。以前、他の薬物との干渉について説明されたこともあるので、あまりよくは思われないだろう。隠すほどのことではないのだろうが…。

「怜？」

槇が訝《いぶか》しむような表情を見せる。

怜を常にサポートし、常にかたわらで気遣ってくれる男は、大柄だが敏い。場合によっては一ヶ瀬よりも巧《たく》みに、怜の薄い表情から様々なことを察してみせる。

何でもないという怜の瞬きだけでその意図を汲《く》んだ男は、小さく頷いて宇野にリストをデータ化するように指示した。

定期項目に組み入れられているジムでのトレーニングを終えたあと、怜は夕食用に売店で簡易デリパックを受け取った。

誰かに呼び止められたのはその直後、居住ブースに続く物陰だった。

「怜？　矢方怜君？」

怜は不思議に思った。反応の薄さが基地内でも知られているためか、普段、あまり人から話しかけられることがない。

普通の人間なら怪訝に思うぐらいの間《ま》をおき、振り返った怜は驚きに目を見張る。

「……！」

そこに立っていたのは、あの男だった。

いきなり男がすぐ目の前に現れたことにも、すでに基地内を自由に歩き回っていることにも、怜は言葉を失う。

男はそんな怜の驚愕《きょうがく》を見越したように微笑んだ。

「驚いた？」

穏やかな笑みを浮かべる男は、怜よりも十センチ以上は上背《うわぜい》がある。見た目は日本人としてもほとんど違和感がないとはいえ、体格はかなり日本人離れしていて西洋人寄りだ。スーツを着るとやや着痩せして見えるが、それでも怜を圧倒するような体格だった。

そして、眼鏡越しに見る瞳の色は浅く、淡いブルーのかかった灰色だった。日本にいると珍しい目の色だったが、どういうわけかその瞳に一瞬、呑まれそうになる。

男はその淡い瞳にどこか懐かしいような色を浮かべ、怜に向けてくる。

「…久しぶりだね、やっと会えた」

そう言われても、怜にとってはこの間、いきなりバーチャルセックスの途中で日の前に現れただけの男だ。今日もロシアチームとしてやって来た時には驚いたが、言葉の意味がわからない。

ただ、声だけはこの間と同じく、異様に鮮明に頭の中に滑り込んでくる。

「私のことは、…もう忘れた？」

男は切ないような表情を作る。

「…誰？」

「イツキだ。タンザワ・イツキ。覚えてない？」

男はそう言うと、やにわに怜の手を取り、丹沢斎《たんざわいつき》と漢字をいちいち説明しながら指先で書いてみせた。

いきなり親しげに話しかけられ、直接に触れられることにもびっくりする。怜には重度の識字障害《ディスレクシア》があることを知っているわけではないだろうに、男は自分の動きに違和感は感じていないようだ。

「ロシア特区に知り合いはいない」

怜の言葉に、丹沢は口許に笑みを浮かべたままどこか困ったような表情を見せ、小さく首を横に振った。

「私は以前、日本《ここ》にいたんだよ、ずっと君のそばに…。いつも一緒だった」

確かに丹沢斎という名はロシア名でなく日本名だが、ロシア特区の素性の知れない人間に、そんなわけのわからないことを言われる筋合いはない。

それとも、これは日本のサイバーセキュリティ工作員に対する新手の籠絡《ろうらく》や揺さぶり、引き抜きといった手合いだろうか。

口を固く引き結んだ怜に丹沢は少し表情を変え、身をかがめてすぐそばまで顔を寄せた。

警戒からわずかに身を引く怜に、逆に一歩踏み込んでくるようにして頬を両手で挟《はさ》み、目の奥を覗き込んでくる。

「怜？　…何か薬を飲んでる？　かなり大量の？」

必要以上のスキンシップも、ダイレクトに響く声も、すべてが恐ろしく、得体《えたい》が知れない。

怜は頭を振り、男の胸に腕をついてその手から逃れた。

男はそれ以上は強引に距離を詰めず、まだ怜の目を覗き込んでいる。

「その強度の…はイプサジル？　あるいはオプシジルやカルトスかな？　まだ他にも何か飲まされてる？」

男が言った症状はうまく聞き取れず、薬名らしきものは怜にはわからなかったが、日々、大量の薬を飲んでいることを指摘されるのは薄気味悪い。

警戒心から怜はさらに一歩後じさると、ものも言わずに踵《きびす》を返した。

こういう時に限って誰も通りかからない廊下を、怜はコートの裾が翻《ひるがえ》るのもかまわずに足早に歩き、男の側を離れる。

まるで頭の中に直接呼びかけてくるような男の声が追いかけてくるのにも振り返らず、怜はただ足を速めた。

「怜、思い出して」

部屋に戻ってくると、リビングテーブルに呼び出しのコールランプが点《とも》っている。

今の丹沢という正体のわからない男の一件をどう報告しようかと思いながら、怜はランプを押した。

画面にはいつもより硬い表情の一ヶ瀬が、すぐに現れた。

「怜！」

怜の浅い瞬きに、一ヶ瀬はどこか安堵したような表情を見せる。

「連絡が取れないから心配したよ」

「…連絡？」

腕につけた簡易端末を呼び出せばいいのにと、怜はわずかに首をひねる。

「コールしたが、繋がらなかった。どこにいた？」

「…デリパックを受け取りに」

一ヶ瀬はまだ硬い表情のまま小さく頷いたが、何か手許を操作したらしい。画面にまさにさっきの丹沢の映像が出る。さっき、宇野が拡大していた画像だ。

「この男…、情報特殊部隊所属のドクトル・クラスノフという男に気をつけなさい」

「ドクトル・クラスノフ?」

さっき、丹沢が名乗った名前とは違う。

「そうだ、ロシア区からの軍医、いわゆるチームドクターのクラスノフ医師だ。どうやら日系らしい。今、身許を調べさせている。詳しい背景がわかるまで、何か話しかけられたり、向こうから接触してくるようなことがあれば注意して、相手には応えずにその場を離れなさい」

「…何か?」

怜は逆に不思議に思って尋ね返す。

いつにない厳しい一ヶ瀬の表情に、まさにさっき丹沢に話しかけられたと言いそびれた。言いそびれたというより、言ってはならない気がした。理由はわからない。

丹沢が告げた日本名と、一ヶ瀬が告げるロシア名とが違うせいかもしれない。

「接触があれば、必ず私に報告して。向こうのチームが動けるのは、今のところ、ゲスト用居住区と食堂、レクレーションルームだけだが、できるだけ一人では行動しないように。いいね?」

怜の質問には答えず、普段、物腰の穏やかな一ヶ瀬にしてはかなり強い口調で言い含める。

「了解」

怜が頷くと、一ヶ瀬はそれ以上は説明せずに通信を切った。

自分を思い出せという丹沢という見知らぬ男と、けして接触するなという一ヶ瀬。本来なら、すぐにでも丹沢との一件、場合によってはその前のバーチャルセックスの件から伝えなければならないのだろうが…。

怜はしばらくコールの呼び出しボタンの上に手を伸ばしていたが、結局、ボタンを押さないままに手を下ろした。

もともと、羞恥《しゅうち》やためらいなどといった人並みの感情は極端に稀薄《きはく》だ。バーチャルセックスを楽しんでいたと他人や一ヶ瀬に知られたところで困りはしないが、なぜか丹沢の声だけが一ヶ瀬の声よりもはっきりと聞こえると言うのがはばかられた。

まるで怜を昔から知っていたような丹沢の呼びかけは、怜を揺さぶるものとしては見事に効を奏している。

いつものように意識の外に置けば…、と怜は目を伏せた。

そうすれば、すべてが流れるように過ぎてゆく。

任務も、わずかばかりのもの思いも、すべて…。

持ち帰ったAのデリパックは、今日はパストラミとオニオンのサンドイッチだった。おそらく日替わりのAパックの中身は店頭に表示してあるが、識字障害のせいもあって、怜は表示にはほとんど目を通さない。選ばなくとも、向こうが勝手にメニューを変えてくれるので、特に問題もない。

怜はその日も手短に食事を終えたあと、シャワーを浴びてローブをまとって出てくる。特に音楽や映画を楽しむ趣味もない怜には、就寝までの時間は特にやることもない。濡れた髪を拭いながらベッドに腰を下ろし、すでに習慣になっているバーチャルセックスの装置を起動させる。

感情の起伏は薬で抑制されているが、性欲は年頃の同性並みだろう。ただ、それを解消するために他の人間との関係を築《きず》くのは不得手《ふえて》だし、そのために時間を割くのも煩わしい。周囲にはコミュニケーション力の低い変わり者と言われているし、進んで怜と関係を持ちたがる人間がいないことも知っている。

井波の言う、暇ならバーチャルセックスを楽しんでおけというのも、あながち的を外してはいない。それ以外には特に趣味がないので、あとは機械的に性欲処理をすませて寝るだけだった。仕事から食事、シャワーと続く、睡眠までのルーティンワークのようなものだ。でないと、時間を持てあます。

怜はいつものように無造作に一ヶ瀬のデータを引き出した。ほんのわずかに考えたあと、そのままヘッドセットを装着して、湿った身体をベッドの上に投げ出した。

丹沢が初めてバーチャル上に現れてから、ここ三週間ほどはドラッグの利用を控えている。そのため、井波が言うような単調さ、リアリティの欠如《けつじょ》があるが、それは仕方がない。

ゆるく目を閉ざし、一ヶ瀬のイメージが起動してくるまでを待つ。

「怜…」

聞き覚えのある一ヶ瀬の声とは異なる呼びかけに、怜は身体を震わせ、目を開けた。

「…！」

まるで当たり前のような表情でベッドサイドに腰かけていたのは、一ヶ瀬ではなく、丹沢と名乗った男だった。昼間見たスーツの上着は脱ぎ、ネクタイをゆるめた姿で脚を組み、こちらを見ている。

とっさに顔を歪《ゆが》めた怜に、男は眼鏡を外しながら大胆にも笑いかけてきた。

「君はプライベートでは、この端末しか使わないんだな」

大戦後の大量の移民流入のため、ロシア語は今、日本特区では第二外国語と化しているが、怜自身は義務教育レベル程度にしか理解できない。読み書きにいたっては識字能力の低さもあって、さっぱりだった。

だが、丹沢はずいぶん流暢《りゅうちょう》な日本語を操れるようだ。まったく違和感のない話し方をする。ロシア特区では、そこまで日本語はメジャーではないと聞いたが…。

「…あんたは？　ドクトル…」

　不審な眼差しを向ける怜に、男はわずかに首をかしげ、笑った。

「クラスノフ？」

「…」

「本名は丹沢斎だ。君はいつもイツキと呼んでいた」

「…ロシア特区に知り合いはいないと言った」

　怜はさっきと同じ答えを繰り返す。

「日本人だよ、さっき言っただろう？　十四の歳まで日本《ここ》に、君と一緒にいた。ずっと君に会いたいと思っていた」

　怜は目を伏せる。胡散臭《うさんくさ》いことこの上ない言い分だが、誰の声よりも、一ヶ瀬の声よりもはるかにはっきりと頭の奥に入ってくる。

「いつもこの装置を？」

　応えない怜に、丹沢は身体を伸ばし、ヘッドセットを装着しているはずのこめかみあたりに触れてくる。

「…！」

　あくまでも仮想装置なはずなのに、髪を梳《す》く指の感触がありありとわかって、怜はたじろいだ。現実以上にはっきりとした、実際に丹沢が目の前にいるような錯覚を覚える。

「前にこの装置を使っていた時、君はドラッグを使ってた」

男の指はこめかみから怜の頬を撫で、前と同じように両手で怜の頬を挟み込むようにしてくる。誰よりもリアルなその感触に、怜は身震いした。槇や一ヶ瀬に触れられた時でさえ、ここまではっきりと相手の体温や息遣い、存在感を意識することはない。

その一方で、初めて他人にこんな形で触れられているのに、かつて誰かにこうして触れられたような感覚がちらりと頭をよぎった。

「…ぁ」

「あの男は君に、何をした？」

「…何？」

とっさに装置を切ろうと、怜は手を伸ばす。しかし、装置があるはずの場所にスイッチがない。次にヘッド装置を外してしまおうとしたが、そこにも何も触れない。

ここは…？

怜はベッドの上で後ずさりながら、わずかに読書灯の明かりに照らされた部屋に目を走らせる。

よく知ったはずの部屋なのに、いくらか空間が歪んで見えるのは、何らかの形でこの男の作った仮想空間に引きずり込まれているのか。

槇や井波らの言う、『セイレーン』の言葉が頭をよぎる。

闇の底から、魅惑的な声で、甘い言葉でささやきかけてくるという…。

ならば、このことは誰も知ることのないのだという刹那的《せつなてき》な思いも、なぜか同時に頭をよぎった。

「怜、君は以前、誰よりも私を信じてくれていた」

たじろぐ怜に、男はそっと唇を寄せてくる。触れあう唇の感触に、身体中が震えた。

温かく、見た目以上に柔らかいその感触に、怜は動けなくなる。

「覚えてる?」

「…何を?」

「必ず戻ると約束した」

どこへ…?

「君の許に…」

必ず戻ると…、約束する…?

男の声に、思考が一方的に引きずられる。確かにそんな、約束をした気がしてくる。いつの頃ともわからないのに…。

「十七年だ、君と引き離されてから…」

十七年…、抱き寄せられながら怜は頭の中でその数字をなぞらえる。怜がまだ、十一歳の頃の話だ。

怜はまだ、軍事転用可能な能力を持つ子供ばかりを集めた施設にいた。一ヶ瀬にその能力を見出された。その頃の怜を知るなどとは、おかしな話だ。

なおも愛しげに触れてくる男の手を押し返そうと、怜はうまく力の入らない腕を突っ張ろうとする。

「怜、会いたかった…」

耳許でささやかれ、腕はあえなくシーツの上に落ちる。

「やっと会えた…」

愛しげに抱き寄せられた腕の中は、ずいぶん温かい。

ほとんど力の入らないまま、怜は男を見上げた。色素の薄い、淡いブルーグレーの瞳に溺《おぼ》れそうになる。呑まれるというよりも、沈むようだと怜は丹沢をただ見つめ続ける。

怜の両腕をシーツの上に留めつけるようにしながら、こめかみに、頬に、そして唇にと、やさしいキスが降ってくる。

承諾《しようだく》を得ない一方的なキスなのに、そして得体の知れない男なのに、唇がそっと触れるたび、なぜか驚くほどに安堵した。このキスを知っていたような、そして、長くこの時を待ち望んでいたような気持ちになる。

誘うように唇をうっすら開いた怜の気持ちを汲《く》んだのか、ほんのり笑む雰囲気と共に、唇が重なった。軽く唇を啄《ついば》まれ、他人と交わす初めてのキスに慣れない怜は、薄い胸を喘《あえ》ぐように上下させてしまう。

「…怜」

どこかうっとりと酔うような声と共に、開いた唇の間から濡れたものが忍び入ってくる。

舌先同士が触れあった瞬間、身体に甘く電流が走った気がした。

「…ん」

思わず息を呑むと、舌先がさらわれる。喘ぐ胸ごと抱かれ、怜は自ら腕を伸ばして、覆いかぶさった男の首をかき抱いた。

バーチャルでは何度も一ヶ瀬と重ねたキスとは、まったく異なる予期せぬ動きで丹沢は柔らかく舌を絡め、甘く上口蓋《うわこうがい》をくすぐった。それだけで頭の奥が痺れ、腰のあたりが浮き上がるような感覚を覚える。

何かに酔ったように、身体の方が勝手に丹沢とのキスに溺れてゆく。まるで長く求め合ってきた恋人同士のように…。

はだけかけたバスローブの合わせ目から手を差し入れられ、薄い胸をゆっくりとまさぐられて怜は喘いだ。血の通っていなかった身体の内側に、少しずつ熱を灯《とも》されているようにも思える。生々《なまなま》しいのに、背筋はゾクゾクと甘く震える。

何、この感覚…、と怜はただ目の前の男を見上げる。

丹沢もどこか酔ったように薄く笑いながら、怜の身体のラインを何度も撫でた。覆いかぶさった男の身体の重みが心地よくて、その肌の温もりを直接に感じたくて、怜は夢中で手を伸ばし、男のネクタイを解《と》いた。

シャツを肩から抜き取ろうとする怜を許し、男は自らシャツを脱ぎ捨てる。露《あら》わになったその厚みのある見事な体軀に、怜は思わず息を呑んだ。

一ヶ瀬よりもさらに硬く引きしまった身体、厚みとしなやかさのある筋肉は感動のほとんどない怜にも、美しいものだとわかる。

触れたい…とふらふら伸ばした指先を取られ、丹沢の首筋から、隆起《りゅうき》のある肩、胸許へと手を添えて直接に触れることを許された。温もりとほのかな湿り気をまとう張りのある肌は、触れているだけで身体の奥がざわつく。

男はそのまま怜のローブを剝ぎ、さっきとはうってかわった激しいキスで怜を貪《むさぼ》る。頰が窪むほどの強さで唾液ごと舌を吸われ、絡めとられる。

喉を鳴らし、夢中でそれに応えると、頭の奥がぼうっと白くかすんでゆく。

胸許をまさぐっていた指先で丸く乳頭をつままれ、軽く押し潰されるように揉まれると、怜は自分が甘えるような鼻声と共に身を捩っていることに気づいた。同時に自分の下肢《かし》が、隠しようもなく反応していることもわかる。

スラックス越し、丹沢のものと重なり、擦《こす》れ合う性器は、下着の中で強く頭をもたげている。下着の先端にぬるく染みができているのもわかる。そして、同時に触れあう丹沢のものもしっかりと形を変え、その猛々《たけだけ》しさを布越しに伝えてくる。

その威容《いよう》を押しつけられただけで、息が弾んだ。男の興奮に喜んでいる自分がいる。

「…ん」

乳首を丸く舐め、甘嚙《あまが》みされると、軽い目眩《めまい》と興奮と共に身体の奥で何かがドロリと溶けるような気がした。

何もかもが、これまでの機械仕掛けのセックスとは全然違う。息が上がり、呼吸が苦しい。肌全体が痺《しび》れるように粟立《あわだ》ち、上気しているのがわかる。

「ん…ッ、んっ…」

舌先で執拗《しつよう》に乳頭を嬲《なぶ》られ、もう一方も指先でくじるようにされると、身体が浮き上がるように思えた。

「…怜」

膝から内股にかけてをまさぐっていた手がすべり、苦しいほどにはりつめたものを布越しに捉える。

「…ぁ」

思っている以上に濡れそぼった生地ごとやんわりと揉みしだかれると、勝手に腰が揺れた。怜は甘えるような声を洩《も》らしながら、ねだるように目の前の男を見上げる。

「怜…」

ずっと君に触れたかった…、と男も酔ったような声を洩らしながら、ゆっくりと手の中で怜を可愛がってくれる。

もっと直接に…、と強い刺激を求めて指を嚙むと、濡れた下着がずらされ、直接に男の大きな手の中に握り込まれた。

「ん…」

鼻先で呻きながら、怜は望みをかなえてくれた男に薄く笑って見せる。

あ…、と怜は男の手の中に直接に弱みを握られ、愛撫をもらいながら気づいた。

今、自分は確かに笑っている…。

「…イツキ」

勝手にその名前が唇からこぼれ出る。

呼ぶと、丹沢もゆっくりと笑った。

「覚えてた?」

「ん…」

なぜ、と思うまでもなく勝手に口許がほころび、頷いていた。まるで、怜の意思とは関係ないように…。

身体も丹沢のいいようにコントロールされているのだろうかと思いながらも、今はこの濃密《のうみつ》な時間と行為が愛しくて、怜はそれ以上考えることを放棄した。

薄い胸と赤く色づいた乳頭をこね、怜の肌を桜色に上気させた男は、そのまま手を腹部にすべらせ、唇を這わせてゆく。

「…っ」

怜自身はすでにピンク色に染まった先端から滴《しずく》を振りこぼし、期待に震えていた。

それでも下着が脚から抜き去られる瞬間、とっさに頬に血が上るのがわかる。自分でも知らなかった感情がどんどん内側からあふれてきて、思考が追いつかない。

男はあの不思議な色の瞳でちらりと上目遣いに怜を見上げたあと、そっと舌を伸ばした。

「あ…」

温かい。

その甘美さに怜はうっとりと息を呑む。その濡れて温かな舌先で丹念に形をなぞられ、舐め上げられて、思わず指を伸ばし、丹沢の黒髪をつかんだ。指の間を、しなやかな男の髪がすべり、怜の下肢をゆっくりとその口中に含んでくれる。

「あ…」

熱く感じられるほどにぬめった口腔《こうこう》に含まれ、怜は強くシーツを握りしめた。まるで脳を焼かれるようだ。男の舌が動き、熱い粘膜に締め上げられるままに喉声が洩れる。

男の舌に翻弄され、腰が勝手にうねるように跳ねる。太股の付け根が痺れ、生殖器の攣《つ》る感触はその直後にやってきた。

「…ぁ、…ふ」

怜は肉薄い肩先を震わせ、下腹を喘がせる。

先端から白濁を迸らせるたび、男はねっとりと頬を動かし、そのすべてを飲み下した。猥《みだ》りがましい喉奥の動きさえ、咥《くわ》え込まれたものからダイレクトに伝わってくる。

怜は涙の滲《にじ》む目で、暗い天井を見上げる。

頭の奥ばかりでなく、快感の余韻《よいん》で身体中が痺れているというのに、まだ行為は終わらない。

「怜、可愛い…」

迷いもなく怜の体液を飲み下した男は愛しげに髪を撫で、まだ震える内股をなだめるように撫でてくる。

「ん…」

その細やかな愛撫に、怜の喉が甘えるような声を洩らしている。

仰向《あおむ》けに両脚を大きく開かされた姿勢で、何かオイル状のものが秘められた箇所を濡らしてゆく。あれは怜が以前、後ろを一人で慣らし、慰《なぐさ》めるのに使ったものだ。まだサイドテーブルの引き出しにあるはずの…。

どうして…、と思った感覚もすぐに秘所《ひしょ》をまさぐられる感触に霧散《むさん》してゆく。

「…ぁ…」

オイルに濡れた指は温かい。そして、思いもしない淫らさで怜の会陰部《えいんぶ》をぬらつかせ、火照らせた。ゆっくり円を描くように後肛をなぞられると、勝手に喉が開き、媚《こ》びるような呻きが漏れた。

これまでの行為は何だったのだと、怜は汗に濡れた男の背に腕をまわしながら思った。男の指がゆっくりと無理のない力で、怜の下肢を慣らしている。

焦《じ》れるほどの時間をかけて、オイルですべる指が内側に入り込んでくるのがわかる。リアルな指の動きが信じられないほど生々しいが、怜の腰は男の愛撫に呼応《こおう》するようにゆるやかに揺れている。

濡れた節の高い長い指がゆらゆらと無理のない力で内側をまさぐるうち、勝手に下肢が跳ね、喉奥から声がこぼれる箇所を探りあててきた。

「っ…、っ…」

怜…、とまた何かの呪文のように名前を呼ばれる。この声を、この呼びかけを知っていると、怜は伏せた睫毛《まつげ》を震わせた。名前を呼ばれるたび、抗《あらが》えなくなる気がする。

慎重すぎるほどの動きで怜の内側をかきまわした指が抜ける頃、ゆっくりと男は怜の上に覆いかぶさってきた。

「ん…ぁ…」

待ち望んでいたものが、圧倒的な質量と共にずっしりと身体の中に沈み込んでくる。

「…くっ…ぅ…」

怜は懸命に丹沢の肩に縋《すが》り、その重い挿入感に堪《た》えた。

信じられないほど大きく、下肢が開かされている。

「…ぁ、…ぁ…」

子供のような頼りない声を洩らしているのは自分なのだと、深々と腰を貫《つらぬ》かれ、揺さぶられながら意識する。

男はゆっくりと時間をかけ、完全に挿入を果たした。

「あ…」

繋がりあっている感覚、内側の深いところを自分の意思とは無関係な力で刺し貫かれ、えぐられる感覚…、揺さぶられるたび、その生々しさを意識する。

「…ぁ、…ぁ」

本当のセックスは、気持ちよさよりも息苦しさや圧迫感の方が勝る気がする。その合間に、快感ともつかない高揚感があった。

乱れる息の合間、自分の中に沈んだ丹沢自身も眉を寄せ、荒い息をつくことに安心する。

怜は自分から指を伸ばし、男と指を絡めると、腰を穿たれるたびに湧き上がってくる痺れるような感覚に、眉を寄せた。

やがてそれが勝手に悲鳴となって喉を突き、腰が浮き上がるような際どい感覚にすり替わる。

「…あっ、あっ！」

それが一気に背筋を這い上がるように思った瞬間、怜は下肢を大きく震わせ、絶頂に達していた。

「…怜っ」

締め上げられ、怜の腰を深く捉えた男も、また低く呻いた。

混乱の中、その声にもまた、ぞくぞくと背筋が震える。

「…ぁ…」

身体の深いところに、ドロリと何かが流れ込むような、内側から熱いもので濡らされるような独特の感覚に、怜は奥歯を噛みしめて呻く。これが気持ちいいのか、気持ち悪いのかよくわからない。でも、上気した身体中が快美感に痺れ、何よりも身体を重ねて性行為に溺れたという生々しいリアルさがある。

怜の身体を強く抱いたまま、息を荒げている男の身体も熱く、逞《たくま》しい身体全体が汗に濡れている。

汗ばみ、絡まりあった手脚も、今は煩《わずら》わしいとは思わなかった。

違う、怜の知っていた仮想のセックスとは何もかもが違う。射精後は熱が引くように急速に冷めてゆく、あの感覚とは全然違う。これもバーチャルなはずなのに…。

「やっと会えた…」

怜…、と丹沢は汗に濡れた髪をそっと愛しげにすくい、口づけてくる。

その声にまた、ゾクリと背筋が震える。だが、息が乱れてまだ声は出なかった。どう答えればいいのかもよくわからない。

これは『セイレーン』?…、闇の底から怜を呼び、仮想と現実との狭間《はざま》に怜を引きずり込もうとする…?…、怜は強い眠気に捕らわれながら頭の隅で思った。

だとしたら、なんと甘美《かんび》で魅力的な…。

「怜、オレンジ色の小粒の薬は飲んじゃいけない。IPと小さく刻印してある薬だ。あと、黄緑やライトブルーのカプセル、MELKとグレーの字で書いたカプセル…、字はいい。オレンジ色の小さな錠剤と黄緑色やライトブルーのカプセルは飲むな」

弛緩《しかん》した怜の身体を抱きながら、丹沢は耳許で低くささやく。

文字はだめだ、自分には認識しにくい…、ずっと何かを記憶しておく作業も無理だ、注意力と記憶力が欠如《けつじょ》している…。

力の入らない指を震わせる怜の気持ちを見越したように、男は何度も薬剤の色と形状を吹き込むようにささやいてくる。

四肢を動かす力もほとんどないまま、怜は何度目かの丹沢のささやきに頷いた。

小さなオレンジの錠剤と、ライトブルーのカプセルは飲まない、黄緑色のカプセルも絶対に飲まない……と……。

Ⅲ

昨日に引き続き、日本側から提供されたゲスト棟内の会議室に、三十一歳になる丹沢斎はいた。中では極東ロシア軍のメンバーが運び込んだ機材をセッティングしている。

スーツ姿の他のメンバーとは違って、丹沢はシャツとネクタイの上にはチームドクターの象徴ともいえる白衣をまとっている。そして、いつものように口許に薄く笑みを刷《は》いて、端末のモニター越しにメンバーの動きを眺めていた。

丹沢が脚を組み、腰かけた椅子の造り自体はロシア国内のものよりもサイズ的にひとまわり小さい。しかし、精度の高さとクオリティには感心する。天井もロシア特区の軍施設よりもやや低めだが、機密性を含めた窓や建具などの精緻《せいち》さは見事なものだ。

確かに十七年前は丹沢もこの国にいたはずだが、あらためて戻ってくると、様々な物の製品精度に感心する。

極東ロシアの過酷な気候では、精巧《せいこう》さよりも頑強《がんきょう》さが求められる。壊れても補修《ほしゅう》は遅い。本気で直す気があるのかと疑問に思うほどだ。大味なのは、大戦前からのロシアの国民性とも言われていた。それはおおむね、極東ロシア軍にも通じる気風だ。

しかし、一方で切れる人間はとことん切れる。今回、日本側に送り込まれたこの情報特殊部隊にはそんな人材が集められている。極東ロシア軍上層部の肝《きも》いりでやって来たメンバーだった。

そんなメンバーの能力の高さを、丹沢は熟知している。皆、丹沢と共に危険な作戦をいくつもこなしてきた。ことに今回、チーム・リーダーとされているミハイル・ボリゾフは丹沢と対華北の作戦で何度か共に死線をくぐっている。非常に信頼すべき相手といえた。

今もメンバーらは手際よく機材を設置し、異国という不利な状況下で着実に自分達の作業スペースを確保している。

長らく極秘《ごくひ》にされていたこの日本の施設位置は、今回、極東ロシア特区との連携共同作戦にあたって、初めて明らかにされた。

関東地区でも都心を離れた西部にあり、背後には国立公園を有している。これまで、日本側のサイバー関連施設があるのではないかと、極東ロシア軍が推測していた場所とはかけ離れていた。

見た目には高さのない、何棟かの建物からなるフラットで地味な施設だ。施設内の重要部分は、おそらく地下にあるのだろう。

環境としては緑が多くて素晴らしいが、基本的には都市圏からの通勤には厳しい場所だ。

施設職員は基本的にほとんどが施設内居住区に住んでいるようだった。食堂の他、ある程度の日用品などのそろうストアやクリーニング設備などがあると案内されていた。

「日本側の回線にセット完了。稼働許可スペースは、日本側サイバー領域の約三割です」

丹沢のかたわらに腰かけ、メンバーの動きに目を配《くば》るボリゾフに報告が上がる。

灰色がかったアッシュブロンドを短く刈り込んだ、目つきの鋭い男だ。年齢的には丹沢の一つ上だが、階級的には軍曹《ぐんそう》で、専門医である丹沢の下となる。確実に与えられた職務を遂行《すいこう》するリアリストでもあった。

「当初予定では四割ほど融通《ゆうずう》するという話だったが…」

呟くボリゾフに机の上で書類をめくっていた丹沢は唇の片端を上げてみせる。

「一ヶ瀬施設管理官殿が臍《へそ》を曲げたかな？」

許可されたサイバースペースが、正面の大きなモニター上に点滅している。それ以外のスペースには頑《かたく》ななまでに厳重なサイバー防壁が設《もう》けられており、露骨なまでの日本側の警戒が窺《うかが》えた。

おそらく指示を出したのは一ヶ瀬だろうと、丹沢は淡いブルーグレーの瞳を眇《すが》める。恐ろしく猜疑心《さいぎしん》の強い男だ。

「今日の打ち合わせで抗議しますか？」

「おそらく譲歩はない。そういう男だ」

見た目は物腰穏やかな紳士風だがね…、と笑う丹沢の横で、ずっとモニターを操作していた隊員が報告の声を上げる。

「サイバー防壁、セット完了」

「起動しろ」

短いボリゾフの命令に瞬時に張り巡らされたサイバー防壁が、モニターでも確認される。

「ロシア側にコール」

ボリゾフの命令に応じてロシア側へのテストコールが行われ、応答がある。むろん、これらのやりとりはすべてロシア語だが、内容は日本側にも筒抜けだろう。

無政府状態でサイバー犯罪の多い華北や華南に対し、今回は共同戦線を張るが、同時に少しでも日本の手の内を解析したいと思っているのは、極東ロシア軍も同じだった。

「ドクトル、思っていた以上に華北や華南からのサイバー攻勢がすごいですね」

ボリゾフは日本のサイバー防壁へのアタックの解析に目を落としながら呟く。

「ここ数ヶ月は、戦時に等しいっていう話だったしね。日本特区は自分からは積極的に攻勢してくる国ではないとわかっているからだろう。我が国よりも金はあるし、サイバー犯罪に対する刑罰も軽い。…だが、これは組織立った攻撃じゃないな。むしろ、テロや不法侵入に近い」

軍事攻撃というよりも、表面上は国籍不明の盗賊や無法者の群れが好き勝手にサイバー域に侵入、流入してくるような状態に近い。規模は大きくないが、数や頻度で際限がない。よくこれで日本側もサイバー領域を守れているものだ。

こちらが把握《はあく》していた以上の非常事態だなと、丹沢は目を細めた。

インターネットの発達した二〇〇〇年代前半から、ネットワーク上のサイバー攻撃、サイバー戦争は顕著《けんちょ》になりはじめた。

そして、それは二〇一七年に起こった第三次大戦以降、実際の軍事戦争に変わるものとして、さらに加速化した。

物理的な軍事攻撃を行って領土侵攻《りょうどしんこう》、及び、一般市民の大量殺戮《さつりく》を行うよりも、インターネット上で敵国のインフラを破壊、制圧して、政府や省庁、役所、場合によっては軍そのものを事実上機能不全にした方が、手っ取り早い。

また、実際に目で直接に被害を確認しづらい分、被害国国民の被害者意識も薄く、同時に国際的な非難も少ない。多額の軍事費もかからない上に、攻撃側政府にとっても自国の兵士達の人命が失われることがないため、国民から誹《そし》りを受けることもない。

そこまで徹底したものでなくとも、他国の情報を盗み、改竄《かいざん》し、一部乗っとったりという類《たぐい》の攻撃は、どこの国でも行っていた。

かつて端末やサーバーを介していた攻撃は、その情報量の急激な増加、多様化により、今や一部視覚化したサイバースペース内での攻撃となった。

サイバースペース内では核となる情報はサイバー防壁で厳重に守られており、一般の人間が使う視覚化されたネットワークはまだ表層域に限られている。

しかし、専門の訓練を受けた情報工作員や戦闘員は、もっと広大なサイバー空間の中層域、場合によっては深層域ぎりぎりまでの範囲で、各特区内を守り、他国のサイバー障壁や機関、あるいは工作員に対する攻撃などを行う。

二〇四九年現在、大戦の戦火を逃れる移民、難民の流出入によって、従来の国としての形態は壊れ、あらたに大きな極東ユーラシア・アジア地区のなかに各国特区が設けられていた。

今、丹沢の属しているロシアは極東地区が新たに一つの特区として独立し、日本はほぼその国土を変えないままに日本特区と呼ばれている。

そして、第三次大戦の際には大戦の引き金を引いたかつてのC国は今は華北、華南、西《せい》江《こう》、成漢《せいかん》の四つの特区に分かれた。

この旧C国内の四つの特区は現在も内紛《ないふん》状態にあり、特区の境も始終変わっている。また、各特区の主張するラインもそれぞれの国によって異なっており、他国からは紛争地帯と目されていた。

だが、今も内紛状態にあるのは旧C国ばかりでない。ヨーロッパ地区はヨーロッパ地区内で、アフリカ地区はアフリカ地区内で、今も始終、軍事攻撃、及びサイバー戦を含めた大小の小競《こぜ》り合いがある。

日本特区のサイバーセキュリティはかなり特殊だ。一人の強い力を持つ能力者が、それぞれの特性を持った数人の工作員を従えて動く。その中心となるのが、各国に名前こそ知られていないものの、存在自体は広く知られている矢方怜だった。

その恐ろしく正確な動きは、単にサイバースペースを視覚化するばかりでなく、視覚化したスペース内に実際にチームメンバーをまるで現実世界と同じように送り込む怜の特殊能力による。

怜は共に連れたメンバーをそのサイバースペース内で作業させ、また現実世界に連れ戻ってくることが可能だった。

そんな真似ができるのは、日本が極秘にしている科学技術力に加え、ほとんど超能力にも似た怜の特殊能力があるがゆえだった。ある種の空間移動能力というのだろうか。

いくらサイバー攻撃に特化した他国の情報工作員であっても、こんな真似は逆立《さかだ》ちしてもできない。専門的な職業訓練などで伸ばせるような力ではないからだ。

だからこそ、一ヶ瀬は怜の能力に目をつけ、いまだにその力を自分の社会的権威の拠《よ》り所《どころ》としている。

今、あの男が日本のサイバー防御の中核をなす施設の管理官の立場に収《おさ》まっているのも、怜あってのものだろう。

かつて、丹沢を力尽くで怜から引き離しただけはある。

「これを守れてたのは、『昴《プレイヤードウィ》』ならではですかね」

髪を短く刈り込み、シャープな輪郭を持つボリゾフは、口角を微妙に上げてみせる。

そのメンバーが日本側で昴と呼ばれていることは知っているが、ロシア側でリーダーである怜についた名前は『白雪姫《ベラスネーシュカ》』だ。

瞬時に移動する能力や潜行能力にも長《た》けているために正確なチームの数が把握できていないのもあるが、強力なサイバー能力者が五名を超えるだろう屈強《ドワーフ》な男達を従えているという比喩《ひゆ》からきている。

華北や華南では、もう少し日本側を見下して、狗飼《いぬかい》と狗《いぬ》の群れなどと呼んでいるらしい。だが、どちらにしろ、能力のずば抜けて高いチームリーダーと結束の固い複数のメンバーだと認識しているのは同じだ。

「俺達が白雪姫と呼んでたのは、あの槓っていう大男ですか？　あれじゃ、姫を森で殺すように命じられた猟師だ。現実は知らない方がいいもんですね」

「姫に何を期待してたんだ？　皇帝《ツァーリ》と呼んでいれば、また違ったか？」

部下の叩く軽口にボリゾフは低く笑ったあと、丹沢にちらりと視線を寄越《よこ》す。

「どうかな？　確かに実際にチームを取り仕切っているのは、あの槓という男のようだが…」

口許にゆったりした笑みを浮かべたまま答える丹沢に、部下は背筋を伸ばす。

「どちらにせよ、一ヶ瀬施設管理官には注意しろ。穏やかな物腰と中身は違う。あれは相当な喰《く》わせものだ」

昨日、久しぶりに顔を合わせた男の顔を思い浮かべながら、ゆっくりとペンを手の中でまわす丹沢にボリゾフは頷く。

あの男が丹沢のことを覚えているかどうかはわからない。やったことを考えれば、覚えていてもよさそうなものだが、丹沢も日本《ここ》を離れた十四歳の頃からは身長も伸び、面変《おもが》わりもしているだろう。

だが、丹沢の存在は気になったようで、初めての面通《めんとお》しの際も一ヶ瀬はかなり丹沢の方を見ていた。

――ドクトル・クラスノフ。日系の方とお見受けしますが、どちらのご出身ですか？

そう尋ねた一ヶ瀬に、丹沢は微笑んだ。

――トウキョウ近辺の出身だったと聞いていますが、子供の頃に両親共に亡くしているので、詳しいことはわかりません。

大戦後に両親を亡くしたのは怜であって自分ではないが、丹沢は顔色一つ変えることなく答えた。

怜は大量の難民流入で治安がひどく悪化した時、両親を殺された。丹沢に関しては、父親は顔も名前もわからない。母親が生活費欲しさに、娼婦《しょうふ》のような真似をしていた時の客の一人かもしれない。丹沢の見てくれを見る限り、それなりにロシアの血が混じっていることは間違いないだろう。

男ができれば、丹沢を部屋に置いて何日も遊び歩くような母親だった。部屋に食べるものが何もなくなって、母親もこのままずっと帰ってこないのではないかと怯《おび》えながら、膝を抱えていたことは今も覚えている。結局、近所の住人による通報からか、シングル・マザーの育児放棄と判断され、丹沢は三歳で乳幼児保護センターに入れられた。

怜に会ったのは、その後に移った児童センターだった。

日本は直接に大戦の被害は受けていないが、丹沢や怜のような難民流入時の治安悪化によって親を亡くしたり、家庭の生活の困窮により、公共の児童福祉施設に入れられた子供はかなりいた。怜に会ったのは、怜が六歳、丹沢が九歳の時だ。

二人がいたのは普通の児童福祉施設ではなく、何らかの潜在的能力――知能や身体能力などといった、国家的に有用であると認められる能力を積極的に伸ばし、開発していこうという専門施設だった。

本来はその専門能力で親のいないハンデを補《おぎな》おうという趣旨《しゅし》で作られた施設だったが、集められた子供達はまるでそれにしか価値が見出せないように、能力の有用性を過剰《かじょう》なまでに競《きそ》い合《あ》っていた。

そんな中、対象物質を空間転移させる能力の他、一時的に別空間を統合するという、かなり特殊な能力を備えた怜と、サイバースペース内を電子座標なしに的確に把握し、目標まで導《みちび》くことのできる丹沢とは当初からセットにされることが多かった。

丹沢はいつも一緒にいた頃の怜を思い出す。

――イツキの目は綺麗な色だね、透き通ってる。僕よりも色んなものが見えそう。前の施設よりもさらに殺伐《さつばつ》とした雰囲気の子供が多い中で、実験を通して初めて出会った怜は丹沢の瞳を覗きこみ、穏やかに笑った。

今もまだ、鮮明に覚えている。声の調子も、感受性豊かな独特のやさしい話し方も…。幼くても、まるで丹沢の心の奥の襞《ひだ》を読み取るような呼吸。当時、まるでぴったりと心そのものが寄り添っているようにも思えたあの間合《まあ》い…。怜以外の他の誰にも感じたことのない、何から何までが隙間もなく重なっているような快適さ…、丹沢は目を伏《ふ》せた。


当時、丹沢が気に入ってよく使っていた施設内のライブラリールームにいると、足音が聞こえるよりも先に、ふっと自分を呼ぶ気配を感じた。声ではないが、誰かに呼びかけられている、あるいは自分が探されている…、そんな印象だ。

こんな予感がするのはいつも決まって丹沢と親和性の非常に高い一人だけなので、丹沢はライブラリールームの入り口を振り返った。

案の定、ひょっこりと怜が顔を出す。丹沢がすでに自分に気づいているとわかると、顔をくしゃりとしかめるように笑った。

その今にも泣き出しそうな表情を見ただけで、ああ、怒られたんだな…、とわかった。

「一緒にいてもいい？　うるさくしないようにするから」

おいで、と手招《てまね》くと、怜はほっとしたような顔で丹沢の元へやって来て、足許に座った。

「床じゃなくて、こっちに座りなよ」

テーブルの横の椅子を引いてやっても、怜は首を横に振る。

「ううん、ここがいい」

そう言って膝を抱き、肩の辺りを丹沢の脚にぴったりと寄せてくる。隣に座るよりも、今は誰かにひっついていたいんだなとわかる。

丹沢にも子供の頃、とにかく母親の体温を感じていたい時があった。自分の側に温《ぬく》もりがある、それだけで安心出来ることがある。あの女は丹沢を抱いたり、触れたりすることはほとんどなかったが…、と丹沢は足許にじっと座った怜の髪を撫でる。

他人の体温が心地いいものだと丹沢に教えてくれたのは、他ならぬ怜だった。母親に何度も部屋に一人で放置された経験から、夜、何度となく目を覚ましては、自分の安全と居場所を確かめる癖のある丹沢に気づいたのは、同室となった怜だ。

寝れない時には、こうしてね、隣で一緒に寝ると安心するんだよ…、そう言って丹沢のベッドにもぐり込んできた怜は、小さな手で丹沢の手を握りしめてくれた。

理由は聞かれなかった。でも、こんなに小さな子供が、夜中に何度も目を覚ます丹沢に気づいていたのは確かだ。

以来、何度か怜は隣にもぐり込んできて寄り添って眠り、丹沢もすぐかたわらにある温もりの心地よさに、夜中に目を覚ます回数は減っていった。

今も、そっとすり寄せられる熱は子供らしく少し高くて、ほんのりとした湿り気を帯びている。何とも庇護心《ひごしん》がくすぐられる瞬間だった。

六歳の実年齢よりも若干子供っぽいようにも思える仕種《しぐさ》だ。

怜は目の前で両親を失っている。複数の人間による強盗殺人という話だったが、怜自身はその瞬間の記憶はほとんど持っていないらしい。犯行そのものが瞬間的なものだったのか、ショックのあまり、怜が記憶そのものを失ってしまったのか。

それもあって、時折、むしょうに寂《さび》しくなるのかもしれない。幼すぎるような言動も、丹沢には気にならない。

他の誰でもなく、自分にだけこうして懐《なつ》いている怜にどこかほっとすると同時に、たまらない愛しさを感じ、丹沢は小さな背中を何度も撫でてやる。

「何か怒られた?」

「うん、努力が足りないって…。真面目にやらないからだって」

怜は呟き、指先を何度も嚙む。

「怜はちゃんとやってるよ。そのうち、少しずつわかるようになるって。そういう子供は、理解が始まったらすごく早いんだって。ほら、指を嚙んじゃダメだよ」

丹沢はその手をきゅっと握りしめてやった。唾液に濡れた指が、すがるように丹沢の手の中で丸まる。

重度の識字障害を持つとわかるまで、怜は周囲からは手のかかる学習能力の低い子供――要するに知的機能の低い子供扱いだった。

もともと能力開発のための施設だったので、基礎学力のない子供を教育することに主眼は置かれていない。そのため、怜は希少性《きしょう》の高い空間転移能力を持つにもかかわらず、学習能力の低さに阻《はば》まれてその能力を十分にいかせないと言われていた。

丹沢はずいぶんませてひねた子供だったので、大人達の密《ひそ》かなやりとりを十分に察していた。そんな画一的な大人達の評価に反発《はんぱつ》を覚える一方、なんとか怜を正当に評価してほしいと願っていた。

「イツキはすごいね、何でも知ってるんだね」

声変わり前のあどけない声で、怜はしみじみと呟く。

「受け売りだよ。でも、僕も最初は呑み込みが悪いって言われてたからね。怜は僕が読んであげた本は、ちゃんと覚えてるよね？　だから、頭が悪いわけじゃないんだよ」

丹沢の言葉にいつも純粋に感心してくれる怜の存在に、今もどれほど救われているだろうと、丹沢は握った手を軽く揺らす。

怜は丹沢をちらりと見上げると、ほっとしたような笑みを見せた。

怜は目鼻立ちのバランスがいいのに、なんとなくそれが目立たない。

丹沢はロシア系の血が入っているだけに、少年ながらにかなり目鼻立ちがはっきりしている。そのため、女性職員や男性職員の一部は必要以上に親切にしてくれる。

だが、怜は頬の丸さと控《ひか》えめな性格、気質の穏やかさのため、顔立ちのよさが目立たないのだと丹沢には歯痒《はがゆ》く思える。呑み込みの悪い子供という評価も、怜に対して不利な先入観を持たせている。

怜の魅力がもっと他の連中にもわかるといいのにと思う一方で、それで怜が周囲にもてはやされるようになったら嫌だなという勝手な思いも胸には潜《ひそ》んでいる。

数学などの学習方面であれ、芸術関係であれ、はたまた運動能力であれ、すぐれた能力を持つ子供ばかりを集めた施設内はいつもギスギスしている。

施設職員は成果主義で、子供達に対して親ほど親身な愛情を持っているわけではない。

それでも、そんな施設職員の愛情を少しでも得ようと歪《いびつ》に頭を巡《めぐ》らせる子供がほとんどだというのに、怜にはこちらが心配になるほど、そんなあざとさや打算がない。呑み込みが悪いなら努力しろと言われて、真面目に努力し、結果に反映《はんえい》されずに子供なりに落ち込んでしまう。

怜のそんなところが、兄弟のない丹沢にはずいぶん愛しく思える。こんなに気質のやさしい、けなげな生き物は知らない。丹沢にはじめて人の温もりを教えてくれた、人を愛しいと思う気持ちを教えてくれた、やさしい小さな子供。

よほど、死んだ両親に可愛がられて育ったのか。普通なら反発を覚えるだろう条件が、怜に限ってはとにかく不憫《ふびん》に思えた。

父親の腕時計と母親のダイヤの指輪とピアスが、唯一手許に残すことを許されたお父さんとお母さんのものなんだと、以前、怜がこっそり見せてくれた両親の形見を見た時も、それがどれだけ高価な物なのかひと目でわかった。羨ましさや妬みよりも、あの時、丹沢の胸の内を占めたのは怜への憐憫《れんびん》だった。

両親を亡くす不幸がなければ、こんな施設に入れられることもなく、結果を出したい職員に馬鹿にされ、ネチネチ嫌味を言われることもなかったろう。

自分の親はどうしようもなかったが…、と丹沢はブルーグレーの瞳を伏せる。

できるだけ、怜には笑顔でいてほしい。辛い思いをさせたくない。

大人が怜を軽く扱うというのなら、自分が怜を守る。その分、愛情も注ぐ。

それまで、見場《みば》のいい少年に対する性的興味以外の愛情らしい愛情をほとんど得ることのなかった丹沢は、ここに来て自分に一番懐いてくれる怜に対し、ひたむきに愛情を注《そそ》いでいた。

「怜、何か海の映像でも観る？」

丹沢はそっと怜の耳許にささやく。

施設内から外に出ることがほとんど許されていない分、怜は風景映像が好きだ。とりわけ、海に関する映像教材や映画を好んで観ていた。絵や写真も、海の映ったものが好きだ。まだ一度も本物を目にしたことがないから、いつか行ってみたいのだという。

丹沢の顔を見上げた怜は、ようやくほんのりと笑ってみせた。

「うん、観たい」

「いいよ、どれにする？」

丹沢はブース内で端末を操作すると、海に関する映像情報を検索する。その中でも、怜の気持ちが落ち着くよう、比較的穏やかな海辺の風景をチョイスしてゆく。

「…これ」

怜は丹沢が映像を繰《く》ってゆく中、海辺を見下ろす一軒家が映ったものを選んだ。

ヨーロッパ地区の海辺の街を映したもので、穏やかで美しい風景が静かな音楽と共に移り変わってゆく。

立ち上がり、丹沢の肩口に頭を預けるようにそれを眺めていた怜は、画面を指差した。

浜辺で遊ぶ親子が映っている。寄せては返す波が穏やかで美しい。

「きれいなところ」

怜の小さな呟きに丹沢も頷いてやる。

「うん、行ってみたいね」

「行ってみたい…」

怜は嬉しそうに丹沢の手を握りしめる。

「いつか一緒に行こうね、イツキも一緒に」

「ああ、行こう」

約束…、と丹沢の肩口に頭を預けたまま、怜はいつまでも海辺の映像に見入っていた。


もの思いに耽《ふけ》って会議室の窓の外へと視線を向けていた丹沢は当時、怜に感じていた甘酸っぱくて未熟な所有欲を思い、かすかに微笑んだ。

怜の識字障害に最初に気づいたのも丹沢だ。読み書きや計算の苦手だった怜にねだられて本を読み聞かせてやった時、怜は耳から聞き覚えた内容に関しては、ずいぶん明敏《めいびん》な反応を見せた。いくら勉強してもだめなんだとしおれていた怜がかわいそうで、丹沢が怜の学習能力はけして低くないと職員に訴《うった》えた。

当時、日本特区では識字障害についてはあまり理解がなかった。他国に比べて字も複雑で高い学習能力を要求される分、ついてこられない子供は本人にやる気がないとされていた。当初は丹沢の訴えは相手にされていなかったが、それを耳に入れた一ヶ瀬が怜を専門家に見せたところ、識字障害が発覚したというのはなんとも皮肉だが…。

丹沢の首にかじりつき、わぁわぁと声を上げて泣いた怜の身体を抱いた時、胸の奥を占めた甘酸っぱくて痛いような思いは今も忘れられない。

「知能は正常だって…、ちゃんとした学習環境にあれば、もっと成績もあがるって…」

それまで、どれだけ悔《くや》しい思いをしていたのだろう。

小さな身体で泣いて、泣いて、泣いて、ありがとう…と泣きじゃくりながら礼を言った怜を抱いた日が、ついこの間のことのように思える。

極東ロシア特区に送られて以降、向こうの施設で過ごした日の記憶はすでに色褪《いろあ》せて味気なく遠いものとなっているのに、それよりさらに前の怜にまつわる日本での記憶だけが今も生き生きしている。確かに丹沢が、今、ここで生きているという証のように感じられる。

そうだ、まさに拠《よ》り所だった…、と丹沢は当時を回顧《かいこ》する。

字を書くことが苦手な怜が、一番最初に覚えたいと言ったのは丹沢の名前だった。丹沢は矢方怜の名前と共に、丹沢斎と何度も手を取って教えた。

「斎って、書けるようになったよ。怜はまだうまく書けないけど、斎は書けるんだ。寝る前も何度も練習してるからね」

読み書きが不得手《ふえて》だったにもかかわらず、怜は丹沢の名前だけはいつも嬉しそうに書いてみせてくれた。

斎という名前は、母親が出生届を出す時、たまたま役所の窓口にいた係員の名前だったのだという。名前なんて思いつかないから、窓口にいた人の名前をつけたんだよ…と、子供の頃、母親が新しい男に吐き捨てるように言ったのを聞いた。

だが、母親によって適当に選ばれた愛着のない名前も、怜によって呼ばれ、懸命に書かれると、それなりに意味のある大事な名前に思えた。

共に一緒にいた時間はわずかに五年。だが、そのあとのどの時よりも、そしてどんな相手よりも、怜と共にいた時間は満ち足りていた。

しかし、自分達にとって誰にも邪魔されることのない蜜月《みつげつ》は、さほど長くは続かなかった。

怜が識字障害とわかるまで、学習能力の低さからか、さほど怜本人には関心があるようにも見えなかった一ヶ瀬が、急速に怜を引き立てるようになった。

一ヶ瀬慎一は、当時施設に配属されていた子供の能力を特化し、伸ばすためのサイバー分野の若手研究員の一人だった。名門大学を卒業したエリートで、新しい研究分野でずいぶん有望視されていたようだ。

最初は怜と丹沢は従来通り、一ヶ瀬にもワンセットで扱われていたが、スラム街出身で常に巧妙《こうみょう》に立ち回ることばかりを考える丹沢よりも、素直な気質の怜の方が御《ぎょ》しやすいと思ったのだろう。

能力的にも、新たに開発された電子座標で代用できる丹沢の能力に比べ、異空間を統合できるという怜の特殊能力はずば抜けていた。同じ能力を持つ人間は、世界的にも例がないのだという。

当時から人の顔色を見ることに長《た》けていた丹沢は、自分と怜に対する一ヶ瀬の態度の温度差を早々に察《さっ》して、反発を覚えた。

電子座標との相性がよくなく、頭痛や疲労を訴える怜を労っている振りをしながら、平気で何度も実験を繰り返すことのできる男が信用できなかった。

そのくせ、表向きは寛容《かんよう》で子供の心理状態をよく理解しているような顔を見せる一ヶ瀬が、とにかく嫌いだった。丹沢も表向きは聞き分けのよい子供を巧妙に演じていたが、一ヶ瀬は一ヶ瀬で、そんな丹沢の気質を見越しているようだった。

サイバー空間を探る作業でも、怜は意図的に別の相手と組まされるようになり、二人でいられる時間は減っていた。

そうなると、丹沢の独占欲はより強烈《きょうれつ》になった。年齢的なものもあるが、怜の精神面ばかりでなく、肉体も含めたすべてを支配したい、自分だけのものにしたいという欲は強まるばかりだった。

思春期前後の子供同士が軽率に関係を持てぬよう、施設内は厳重に監視されていたし、三歳下の怜の幼さを思うと、まだキスを含めたスキンシップのみに留まっていた。しかし頭の中ではすでに何度も怜を抱いていた。

あいつを信用するなと、陰で怜に何度も言い聞かせた。あいつは怜の能力を自分の研究に使いたいだけだから…、と。

怜も、一ヶ瀬の表面的な親しみや笑顔は敏感に察していたのだろう。また、自分達が一ヶ瀬によって、故意に引き離されつつあることが辛く、寂しかったらしい。丹沢のような冷ややかな反発とは異なるが、一ヶ瀬に対してはいつも消極的な態度だった。一ヶ瀬が親しげに振る舞えば振る舞うほど、怜は口数少なく遠慮がちになっていった。

それが一ヶ瀬には、気に入らなかったのか。

その日、たまたま、訓練中に丹沢が退屈して遊び半分にリンク先を探している時、偶然インカムに声が飛び込んできた。当時、自分達の立ち位置を探る為にも、丹沢は時々そういった不正アクセスを繰り返していた。

半笑いで内容を聞いてみて、それがガラスの向こうで丹沢や怜の様子を見ながら話している職員らの声だとわかった。

普段は逆アクセスの難しいブースで、接続を試みたこともほとんどなかった。迂回経路が偶然リンクできたという形に近い。こちらとの回線は切っていたものの、部屋の集音マイク自体のスイッチを切ることを忘れていたのだろう。

『過剰に二人の関係に固執《こしつ》、依存《いぞん》する関係…、どうも共依存性《きょういぞんせい》が高すぎるようですね』

書類を手に話していたのは、一ヶ瀬と親しい児童精神科医だった。一ヶ瀬の御用聞《ごようき》き的存在で、丹沢にとってはいつも都合の悪いレポートしか上げない男だ。

『矢方怜はともかく、丹沢斎のしたたかさ、計算高さはかなりあざといものだ。我々の前では利口《りこう》な振りをしているが、非常に自我が強い。最近では、ずいぶん矢方個人に執着している。矢方がもう少ししっかりしてくれれば、こちらも制御しやすいんだが…』

丹沢は自分で考えていた以上に、一ヶ瀬が自分と怜との関係を注視《ちゅうし》していたことに驚いた。

この様子では、物陰で何度かこっそり怜に口づけたことすら、知っているのかもしれないとわずかな焦燥を覚える。

『矢方はまだ十一歳ですし、元来、共依存とはそういうものです。互いに二人きりの関係性にこだわる。出来の悪い恋人同士というか、歪《いびつ》で内向性《ないこうせい》が高くて、他が目に入らない』

『ああ、確かに。本当に恋人気取りというか…、丹沢は育児放棄《ネグレクト》で育った子供かな。逆に矢方は両親の深い愛情を受けた子供だったようだから、丹沢は異様《いよう》なまでに矢方を愛情の拠り所にしているようだ』

控《ひか》えながら、嫌な含みのある失笑《しっしょう》がインカム越しに聞こえてくる。

丹沢は片頬を引きつらせた。自分に対する母親の育児放棄はすでに十分理解できる年齢だった。普段なら僻《ひが》むつもりは毛頭《もうとう》ない。

かといって、一ヶ瀬や他の研究員らに小馬鹿にされる理由もない。母親《あの女》が丹沢を愛さなかったのは、丹沢の責任でもない。選べるものなら、自分だって母親を選びたかった。

『丹沢の水先案内としての能力は、まぁ、確かにすぐれてる。探査などのサイバー管理能力、処理能力も極めて高い。矢方との親和性が高いから、矢方自身の疲労度もずいぶん低いようだ』

『矢方だけに限って、丹沢は疲労や痛みを取ることが出来る…、との報告もありましたが…』

『それはいったい、誰の報告なんだ。何でも自分の功績《こうせき》にしたい、丹沢の申告《しんこく》じゃないのかな』

その言葉だけで、一ヶ瀬の自分に対する敵意を十分に理解出来た。

『しかし、最近は電子座標の精度も上がってきたしね。もう少し研究が進めば、完全に電子座標に切り替えることは可能だろう。探査能力も、同等の力を持つ子供は何人かいる。矢方の貢献度に比べれば、とるにたらない』

一ヶ瀬の声には、はっきりと丹沢を見下すような響きがある。

『でも、共依存性が高いということは、それだけに引き離すのも難しいんじゃないですかね。矢方の方も丹沢とはずいぶん仲がよく、それだけ懐いていますし』

他の職員の声に、一ヶ瀬が応えている。

『困ったことになる前に、丹沢を関西地区などのどこか別の施設にやってもいいんだが…、丹沢は妙に頭が切れるところがある。矢方への執着の度合いによれば、何か問題を起こして帰ってくることも考えられる』

『下手《へた》に他施設に送ると、こちらの責任や落ち度を問われることもありますからね』

『この間から進んでいる極東ロシアとの人的資源交流…、こいつを使えないかな』

極東ロシア、その言葉に背筋に冷や水を浴びせられたような思いだった。

人的資源交流とはなんだ…、丹沢は職員同士の会話を一言一句聞き漏らすまいと、入力数値を上げた。

その瞬間、ガラスの向こうで職員がふと手許を見る。

『おや、スイッチを切るのを忘れてたみたいだ』

ブツッ、という音と共に、音声が途切れる。

舌打ちと共に丹沢がガラスブースを睨むと、まるでそれが聞こえたかのように一ヶ瀬がこちらを見ていた。

あの時のぞっとするような一ヶ瀬の目、まるで丹沢をゴミのように見た目を忘れない。盗み聞きを悟《さと》られるまいと、丹沢は故意に視線を逸《そ》らした。だが、一ヶ瀬の自分を見た目に含まれた色が何を意図《いと》していたのかは、あの一瞥《いちべつ》だけで十分に理解できた。

嫌な男…、丹沢は何とか平静を装《よそお》う裏で毒づいた。

怜を自分から引き離すだなどと…と、歯噛みしたくなる気持ちを何とか抑《おさ》え込《こ》んで必死で頭を巡《めぐ》らせる。それ以上の情報を得られないものかと、しばらくブースへのアクセスを図ってみたが、うまくつなげられなかった。

それからはずっと丹沢の頭の中を、『この間から進んでいる極東ロシアとの人的資源交流…』と言っていた一ヶ瀬の言葉が占《し》め続けていた。

あの一ヶ瀬の言いようでは、丹沢はほどなくして極東ロシアへとやられる。それがいつになるのか、それを回避するにはどうすればいいのか。

「イツキ、どうしたの？　最近、あまり食べないね」

夕食時のざわついた食堂で肩を並べた怜が心配そうに尋ねてきたのは、一ヶ瀬の言葉を聞いて四、五日ほどした頃だったろうか。

最近では怜と共にいられる数少ない時間だった。丹沢は昔から妙にまわりに女子が群れ集まるので、いつもそれを避けて男子ばかりのテーブルに着いていた。

栄養に注意の払われた、そして、味付けにはいまいち無頓着《むとんちゃく》で代わり映えのしない食事のプレートを前に、怜は丹沢の顔を覗き込んできた。

「なんか、痩せたみたい」

「痩せた？」

「うん、このあたり」

怜のまだ細い指が頬のあたりに触れてくる。指が触れるこの瞬間は、幸せだと思った。

「…少し、気になることがあって」

声の調子を落とすと、怜は丹沢の意図を汲《く》んだらしく顔を寄せてくる。怜にも二人でいる時間は極めて限られているとわかっている。

「うん、何？」

「外国へやられるかも…」

「…外国？」

怜は驚いたように目を見張る。

自分も詳《くわ》しい話を知っているわけではないのだと断り、丹沢はわかっているだけのことを小声で説明する。

「交換留学生みたいな形らしいけど、留学生とは違って、多分、すぐには戻すつもりはないような言い方だった」

「交換留学生って、他の国…、どこか別の特区に行くっていうこと？」

怜の中には、まだ留学という概念《がいねん》自体があまりないようだった。そもそも他の国に行くということすら、ピンとこないのだろう。それは丹沢自身も同じだ。この国から出され、他国で生活するかもしれないことが実感できない。

「そう、こっちから何かを学ぶ為に学生を出して、代わりに相手国からも学生を引き受ける」

「それって、どこに行くの？」

「多分、極東ロシア特区」

「極東ロシア…」

怜はしばらく呆然《ぼうぜん》としたように目を泳がせた。場所はわかるが、想像もつかないのだろう。むろん、丹沢にも想像できない。移民は多いが、言語以外の文化的バックボーンは不思議とあまり日本では知られていない国だ。

そもそも、他国に追いやられる程に自分が邪魔扱いされているとは思ってもいなかった。確かに一ヶ瀬に疎《うと》まれているだろうことはわかっていたが、極東ロシアにまで追いやられる程だったとは…、と丹沢は唇を噛む。

怜は握っていた箸をトレイの上に置き、しばらくじっと丹沢と同じように黙り込んだ後、出よう…、とそっと袖を引いた。

トレイを返却口の棚に置いて食堂を出ると、怜は観葉植物の陰で尋ねてきた。

「イツキ、ここから逃げようか…?」

逃げる…、それは何と魅力的な提案なのだろう、と丹沢は怜の顔をじっと眺《なが》める。

だが、十四歳の丹沢には三つ下の怜以上に、それが一筋縄ではいかないこともわかっていた。

過去、何度か施設を抜け出した者はいたが、もともとたいした軍資金もない。せいぜい夜中の街をふらつくぐらいで、たいていは補導されるか、自ら戻ってきた。犯罪に巻き込まれて殺された者もいる。

治安は落ち着いてきたとはいえ、子供が出歩いても目立たない下町はまだ夜になると極端に物騒になる。そして、そんな場所で子供を匿《かくま》ってくれるような大人にはろくな人間はいない。むろん、もう少しまともな場所となると、いたるところでＩＤチェックが顕著《けんちょ》だ。逆にふらふらと出歩く子供はチェックにひっかかり、補導される。金もなく、頼れる相手もいないような子供には、行き場がなかった。

遊び半分で抜け出した、あるいは何か別な理由があって逃げ出したにしても、たいていの子供は怯《おび》えて自分から戻る、あるいは保護を願い出た。

「ＩＤとお金が…」

「お金はないけど…」

怜は待ってて、と部屋に行って戻ってくる。

「これ、いくらかで売れないかな?」

怜の小さな手に乗っていたのは、怜に両親の形見《かたみ》として所持の許されていた父親の高価な腕時計と、母親のダイヤの指輪とピアスだった。

「これはダメだ。お父さんとお母さんの形見だろう?」

怜の枕許のID対応のセキュリティボックスにしまわれていたもので、丹沢も一度しか目にしたことがないものだ。

「でも、僕にはイツキの方が大事だよ。イツキをなくすぐらいなら、これをお金に換《か》えた方がいい」

そう言って怜は切羽詰まった顔で、逃げよう…、となおも丹沢の腕を引っ張った。


一週間後、怜と丹沢は施設の職員や警備員が交代する夕方の時刻を狙《ねら》い、建物の死角《しかく》ともなる二階の窓から施設を抜け出した。

計画については、当時の丹沢と怜なりに練《ね》った。

IDについては、丹沢が調べた闇情報を元に慎重に書き換えた。容易には改変《かいへん》できないよう、かなり厳重なプロテクトがかかっている為に数日間を要した。また、書き換えの為の装置のある部屋に忍び込むのにも手間がかかったが、何とかデータを弄って、ダミーのプロテクトをかけ直した。

足のつかないよう、下町の怪しげな換金《かんきん》ショップで怜の父親の腕時計と母親の指輪とピアスを金に換えた。盗品か何かだと足下を見られたのだろう。予想よりもはるかに安い金額だったが、それでも二週間程度は逃げられるほどの資金を手にできた。

施設からは一番遠くて治安もいい分、チェックも厳しい地区のゲートを改変ＩＤで通過した。ゲートを抜ける最後の瞬間まで、ＩＤを見破られるのではないかと危《あや》ぶんだが、書き換えは成功していたらしい。

「イツキ…」

ゲートから足早に二人、駅まで向かう中、怜は暗がりの中で初めて自分から丹沢の頬に口づけてきた。小さな小さなキスだったが、丹沢にとっては大いに救いだった。

施設内で育った丹沢や怜にとっての世界は、知らないことが多すぎる。ここに行けば、明確に生き抜けるという当てがあるわけでもない。怜の前ではできるだけ平静を装《よそお》ってきたが、これまで守られてきた壁の中から一気に外に飛び出し、どこまで無事に逃げおおせられるかという不安はあった。

それでも、怜がずっと自分の味方でいてくれるというのは、この上もない自信であり、誇りだ。

「うまく逃げられたら…」

怜は笑った。

「ずっと一緒にいよう」

「ああ、それはもちろん」

「違う、大人同士の結婚みたいに…、ずっと二人で一緒に暮らそう」

「怜、意味がわかってる？」

「わかってる」

ゲイや同性愛といった言葉を完全に理解できるわけでもないだろうに、怜はまだ幼さのある顔で重々《おもおも》しく頷いた。おそらく怜にとって、大人になっても離れずに愛し合うこと、イコール結婚なのだとわかる。

「僕だって、いつまでも小さいままじゃないから…、いつかイツキを守れるぐらいに強くなる」

丹沢と指を絡めるように手を固く握り、怜はじっと目を覗き込んできた。

「だから、大人の恋人同士みたいに過ごそう。ずっと言ってたみたいに、海の側に一緒に住もう…」

丹沢は頷き、その手をしっかりと握り返した。

「行こうか…」

足がつかないようにゲートからはさらにひと駅分歩いて電車に乗った。上野のステーションへと出て、そこからは怜が昔住んでいたという、都内西部の居住区を目指した。比較的治安がよかったと、怜が言ったからだ。

夜、子供が出歩いていて不審に思われないぎりぎりの時間で渋谷からトラムに乗り換えようとしたところで、丹沢は上空をかなり低空で旋回《せんかい》しているヘリに目を留めた。何ばれたのかという焦りと、まだすぐには見つかるはずがないという思いが交錯《こうさく》する。何のヘリかはわからないが…、と丹沢は怜の手を引き、一度は向かいかけたトラムの駅からタクシー乗り場へと方向を転じた。

タクシー乗り場に渡る横断歩道の前で、遠くからサイレンが響き、赤色灯《せきしょくとう》をまわした複数台の黒っぽいワゴン車が二人の方に向かって走ってくるのが見えた。

「…！」

丹沢はとっさに怜の腕をつかみ、乗り場とは反対の目についた暗めの路地へと飛び込む。降りたった男達が、二人の後を追って走ってくる。

懸命に走って、走って、いくつかの角を曲がった時、別の大型ワゴン車が二人の前方を遮《さえぎ》るような形で停まる。

「ぁ…」

中から白衣をまとった一ヶ瀬が降り立つのを見て、怜が横で息を呑んだ。丹沢はその手を懸命に握り込み、怜を自分の背中に庇う。

確かに計画は完璧とは言えなかったが、すぐに行き先がばれるほどに杜撰《ずさん》なものでもなかったはずだ。絶対に他人の耳に入らないように気をつけていたし、施設を抜け出す時の監視システム自体に工作もしてきた。

「スリーポイントブロックを通過後、浦安から上野経由で、四ッ谷、渋谷へ…、ずいぶん大胆に動いたものだね」

一ヶ瀬の微笑みに丹沢は背筋がぞっとするものを感じた。施設から抜け出すいくつかの経路の中から、一番予想外だと思われるルートを通ってきたのも、その後、後を追えないようにジグザグと動いてきたのも、すべて見越しているのが気味悪い。IDを改変しているのに、どうやって経路を割り出したのか。

「遠回りをしてくれたから、逆に追いつきやすかったよ」

「…ID?」

ゲートでもステーションでも、これまで何のエラーもかからなかったように思っていたが、改変をしくじったのか…、思わず呟いた丹沢に、いや、と一ヶ瀬は首を横に振った。

「矢方怜の居所はすでに、国の管理下にある」

まさか、何か発信装置を…、と丹沢は同じように気味悪そうな表情を見せる怜と顔を見合わせた。そんな話は、これまで聞いたことがないが…。

「知らないのかな？」

一ヶ瀬は意味ありげに首をかしげた。

「矢方怜はすでに第一種指定能力者なんだよ」

第一種指定能力者…、丹沢は唇を噛む。国内でもわずか十人にも満たない、国にとってもっとも有用な能力者とされ、完全な国の保護下にあると同時に厳重な管理下にもあるという。話にはちらりと聞いたことはあったが、まさか怜がその対象になるとは思ってもみなかった。

「そうだ、丹沢。矢方と君とでは、持つ能力の格そのものが違うんだ。わかるね？」

一ヶ瀬はまた、あの丹沢を小馬鹿にするような目を向けてくる。

「…知らない」

呟いたのは、丹沢の二の腕を固く握りつかんだ怜だった。知りたくもないというように、何度も首を横に振る。知識の程度は丹沢と同程度、そして自分が指定されているなどとは、露《つゆ》とも思っていなかったのか。

「矢方、こちらに来なさい」

一ヶ瀬は怜を手招いた。

「丹沢斎、第一種指定能力者の誘拐は重大な犯罪行為だ」

「違う！」

怜は声を上げる。

「僕が逃げようって言った！　イツキのせいじゃない！」

どうかな、と一ヶ瀬は周囲の警備員に顎をしゃくって見せた。

「丹沢、君は頭がいい。矢方のような子供を騙《だま》すのは、お手の物だろう。さぁ、こっちへ、矢方」

一ヶ瀬の合図を元に、警備員達が二人を引き剝がしにかかる。丹沢は怜を離すまいと、できうる限り腕を振り回し、男達を蹴《け》散《ち》らしたが、警棒《けいぼう》を手に七、八人がかりで押さえ込まれると、さすがにかなわなかった。

それでも腕をつかんだ男の胸許を思い切り肘で殴り、懸命に怜に手を伸ばす。二人がかりで押さえ込まれた怜も、必死にこちらに腕を伸ばしてくる。

「矢方には傷をつけるな」

一ヶ瀬の平静な声に、警備員が伸ばした丹沢の腕を警棒で殴り、続いて背中を強く打った。その衝撃に、丹沢も思わずその場にくずおれる。

地面に膝をつく途中も、続いてかたわらの男が自分に向かって警棒を振り上げるのがわ

った。

かった。喉の奥に血の臭いが広がる。

「やめて！　殴らないで！　行くから！　イツキを殴らないで！」

殺さないで…、と怜は泣き声を上げる。その声に、警棒を手にした男は一ヶ瀬を振り返った。

「矢方、丹沢を殴られたくないのなら、おとなしくこちらに来なさい」

男達に両脇から抱えられ、一ヶ瀬の元へと運ばれながら怜は叫んだ。

「イツキ、待ってる！　待ってるから！」

一ヶ瀬の指示でかたわらの大型ワゴン車に運び込まれながら、怜はなおも言った。

「助けに来て！　会いに来て！　ずっと待ってるから！」

「…怜っ！」

地面に膝をついた姿勢で数人がかりの男達に押さえつけられる屈辱的な姿勢のまま、丹沢は声を限りに叫んだ。

「イツキ、忘れないで！　どこへ行っても！」

怜は丹沢を呼んでいた。

「僕を忘れないで！　忘れないで！」

イツキ、イツキ…、と何度も自分を呼んだ高い悲痛な声は、今も鮮明に耳に残っている。まるで、今のこの状況を見越していたかのように…、と丹沢は伏せていた目を開けた。忘れないとも、怜…、と丹沢は胸の内で呟く。

怜と引き離され、丹沢が異国で今のポジションに這い上がってくるまでの十七年間、ずっと支えでもあった、胸が張り裂けるような叫び。

怜と自分の不幸が始まったのはあの時からだったのか、それとももっと以前から始まっていたのか…、と丹沢は昨日売店前で見かけた、表情を欠いて、まるで等身大の人形のようだった怜を思う。

黒いハイネックのシャツに黒いスラックスの上に黒いコートをまとった、全身黒ずくめの怜を、周囲の人間はまるで避《よ》けるように歩いていた。

明らかに、怜の存在は周囲から浮いていた。浮いているというよりも、その異質さに消極的に無視されているという形に近いだろうか。

そして、怜自身はそんな周囲に関心を持った様子もなく、生気のない白い顔で売店前に立っていた。

丹沢の知る怜とは、まるで別人だった。闊達《かったつ》とまではいかなかったが、いくつもの繊細な表情を持っていた怜からはとても考えられない、生気のない青年がそこにはいた。

だが、あの時の丹沢には確かに怜だとわかった。廊下に突っ立っているだけの青年が、ずっと探し続けていた怜だとすぐにわかった。

丹沢が話しかけた時には怜は一瞬、驚いた表情を見せたが、それもすぐにぼうっとした表情の中にかき消えた。

いくらか話してみて、丹沢は怜の瞳の焦点が小さく小刻みに揺れることに気づいた。いわゆる眼振《がんしん》とは違って、動きは不規則で一定していない。そして、目の前に立った丹沢にも微妙に焦点が合っているようで、合っていない。それはずいぶん異様で、前に立つ者に不安を与える。まるで調子の悪い機械の前に立っているようにも思えた。

小さかった怜にはこんな症状はなかった…、そう訝った丹沢の脳裏をよぎったのは、一ヶ瀬の顔だった。

丹沢をロシアへと追いやってまで入手した、怜の特殊能力だ。怜の反応を見ても、丹沢のことを記憶していないことはわかったが、あれは一ヶ瀬によって何らかの記憶操作をされているせいだろう。

同時に怜が周囲から浮いている理由も理解できた。表情は稀薄で、話しかけても反応は鈍い、瞳の焦点も合っていない相手を避けようとする周囲の気持ちはわかる。

丹沢は手にしたペンを握り込み、しばらく考え込む。

丹沢が最初にこの施設内に怜の存在を探りあてた時、怜は法の目をくぐり抜ける疑似ドラッグを用いていた。

かつての怜は障害のために読書こそ苦手だったが、様々な教育映像を楽しんでいた。絵も音楽も好きだったし、話の内容も豊かだった。そうでなければ、あんな風に丹沢の瞳の色を誉《ほ》めることは出来ない。

――僕が海を好きなのはね、どこかイツキの目の色に似てるからだと思う。

怜はかつて耳許で、そうこっそりささやき、微笑んだ。

けして知的関心や好奇心の薄い、情操《じょうそう》を欠いた人間ではない。

なのに、そんな怜が部屋ではドラッグを用いて、ただひたすら寝るまでの時間をバーチャルセックスだけに興《きょう》じている。

まるでそれしか楽しみがないティーンエイジのように…、と丹沢はわずかに眉を寄せた。

普通であれば、他にもやりたいことが山ほどある年齢だろうに…と、丹沢は昨日の晩に見た、怜の日焼けのない薄く幼い身体つきを思い出す。

むろん、無趣味でセックスにしか興味のない人間は少なくないが、怜はそんな自堕落《じだらく》なタイプではなかった。

それなのに、なぜ…、と丹沢は眼鏡の奥の目を伏せる。

日々、ドラッグを用いてバーチャルセックスに耽《ふけ》る怜と、昨日の怜の反応とがどうもうまく重ならない。丹沢もこの地を追われて以来、かなり屈折した自覚はあるが、怜もずいぶん歪《いびつ》でバランスが悪い印象を受ける。

昨日の夜の怜は、まだほとんどキスもしたことのないような拙《つたな》い反応だったが、薄かった表情は触れあいが深まるたびに人間らしいものになった。薄い肌が上気してゆく様子には丹沢も思わず溺れた。年よりもなめらかで薄い肌の感触は、今も指先に残っている。

単にサイバー空間での仮想現実《バーチャルリアリティ》な触れあいに過ぎないはずが、あそこまではっきりと互いの体温や汗ばんだ素肌の感触までリアルに感じられるのは、もともとの怜と丹沢の親和性のためだろう。

かつてはほぼ百パーセントに近い数値を出して、職員を驚かせていたものだった。

丹沢はしばらく口許に指をあてがったあと、手許の端末画面の上に指を走らせる。

表向き、今の丹沢は、まだ怜とは接触していないことになっている。

ほぼ予想通りだったが、一ヶ瀬は最初の顔合わせの際に怜を同席させなかった。

昨日の夕食時は施設内の一般の食堂が開放されており、丹沢はそこに近い売店前で怜を捕まえたが、今朝からはこちらのゲスト棟の多目的室を食堂代わりに使うようにと言われた。

本来、この施設はゲスト棟専用に食堂を設けるほど、大きな規模ではない。施設スタッフ用の食堂からわざわざキッチンスタッフが機材を持ち込み、あるいはある程度は厨房で用意した食事をこちらに運び込んできて食事用意をしていた。

指示したのは、おそらく一ヶ瀬だろう。むろん、同盟関係にあるとはいえ、他国の軍人らを安易に施設内に入れることに対する警戒はあるはずだ。

だが、指示の裏には一ヶ瀬の意図を感じる。丹沢が怜に接触したことに早々に気づいたのか、あるいは怜を呼び止めたことが誰かの口から耳にでも入ったのか…、と丹沢は頬杖をつく。

長く怜の元へ戻りたいとは思っていたが、よもやあんな無理矢理生かされている生気《せいき》のない人形のようになっているとは思わなかった。それとも、丹沢がロシアに追いやられた時点で、これはすでに想定できていたことだったのだろうか。

Ⅳ

怜はミッションコントロールセンターを出ると、男性用トイレの個室に入り、奥歯横に追いやっていた二錠の薬を取りだした。唾液に湿った薬を手のひらに載せて眺めたあと、透明な袋に入れてポケットにしまう。

そして居住棟へ向かう途中のベンチに腰かけると、井波や赤間に次いでやって来た大柄な男を呼び止めた。怜と同じく上から下まで黒ずくめの服を身につけている。

「…槇」

怜よりも十以上歳上の大柄な男は、怜に声をかけられたこと自体にずいぶん驚いたような顔を見せた。

「聞きたいことがある、槇の部屋へ行っても?」

「そりゃ、もちろんだが…、いったいどういう風の吹きまわしだ?」

「聞きたいことがあると言った」

さらに驚く様子を見せる男を淡々と見る一方で、怜は自分の声がずいぶん平坦《へいたん》なことにも気づいた。何がどうとはうまく言えないが、訝る様子がありありとわかる槇に比べ、あまりにも声が一本調子で感情の色がない。

だが、その理由がわからなかった。そして、そんな疑問も指の隙間《すきま》から落ちる砂のように、すぐに頭の中からかき消える。

いつものことだが、怜は長く一つのことを考え続けることができない。思考は常に頭の中にバラバラにあって、うまく繋がらない。そして怜には、それを取りまとめる気力もない。

「部屋はどこだ?」

「こっちだ」

まだどこか信じられないような顔を見せる槇に尋ねると、男は怜を促《うなが》した。

「あまり片づいてないが…」

腕の端末をキーとして先に立って部屋へと入りながら、男は自動的に点った照明の下、ダイニングテーブルの上に乗ったグラスや、ソファの上にいくつも引っかけられていた衣類を慌てた様子で回収してまわる。

　怜の部屋よりは　部屋多い造りらしく、ソファなどのおかれたリビングスペースが余分に設けられている。棚には本もいくらか並んでいたが、すぐには文字の読み取れない怜はそちらには目を向けない。

「話ができれば、それでいい」

　怜の言い分に、抱えた服を寝室に放り込みながら槇は苦笑した。

「お前が気にしなくても、こっちは気になるんだ」

　コートも脱がずに部屋の入り口に突っ立ったままの怜を、コートを脱いで腕まくりをした槇は簡易キッチンで湯を沸《わ》かしながら振り返る。

「コーヒーでも淹《い》れる。ソファにでも座っててくれ」

「すぐにすむ用件だ」

「もう湯を沸かしちまった」

　男は何かコーヒーの粉らしきものを、怜の見たことのない装置のついたガラスのジャーにセットする。ただ、装置と呼ぶにはあまりにも素朴《そぼく》な器具だ。単なるガラスの器と布でできている。

「それは？」

カプセルをセットして、ボタンを押せばすぐに出てくるコーヒーしか知らない怜は、妙に手間をかけた槙の淹れ方に目を止める。

「昔風の淹れ方だ。アナログなやり方だが、その分、美味くて香りも高い」

槙は怜がこれまで聞いたこともない鼻歌を低く楽しげに歌いながら、これまたクラシックで独特な注ぎ口の長いポットで湯を注いでいる。

機嫌がいいのかもしれない…、ふっとそんな思いが怜の頭をかすめた。槙が鼻歌など歌うのは初めて聞いた。しかし、そもそも普段の槙の様子すら、怜の中には深い記憶として残っていないので、絶対に聞いたことがないとも言いきれない。

なので怜はそれ以上尋ねずに、じっとソファで槙がカップを運んでくるのを待つ。

「どうした？　お前がこんな風に誰かのやることに興味を持つのは珍しいな」

ふわりと甘苦いような香りの立つカップを怜の前のテーブルの上に置きながら、槙は尋ね、同じソファに少し離れて腰を下ろした。大柄な男なので、それだけでソファが沈む。

「この薬が何か知りたい」

怜はさっきビニール袋に忍ばせた薬をポケットから取りだしてみせる。

「こいつは…、お前がいつも飲んでる？」

毎日、怜が薬を飲むのを横で見ていた槙は、袋を手のひらに載せるとすぐに思いあたったらしい。

「何の薬だ？」

「ちょい待て、俺もどんな薬か具体的に知ってるわけじゃないんだ」

メンバーの中でもリーダー的存在で、いつもまめに怜をフォローしてくれる男は立ち上がっていって、ダイニングテーブル上の端末で検索をかける。

「IP…っていうのは、イプサジル。抑制剤《よくせいざい》だな」

「抑制剤？」

「平たく言えば、脳の覚醒や刺激を抑制して、神経伝達を低下させる薬物だ。ユーラシア・極東地域全般で認可が下りてる」

このイプサジルっていうのは…、と槇はオレンジ色の錠剤を指差した。

「かなり強い鎮痛効果や抗不安作用があるらしいが、それ以上に認知障害のきつめの副作用があることで問題になっている薬だ。こっちのブルーのMELKって刻印されているのも強い抑制剤だ。カルトスっていう薬だ。こいつは健忘障害や解離《かいり》の副作用がある。どっちもかなりキツいダウナー系の向精神薬《こうせいしんやく》だ。精神専門医の一級処方箋がいる」

槇は怜を振り返った。

「お前、今日、この薬を飲まなかったのか？　さっき、管理官の前で飲むのを見たが」

「人から飲むなと言われて、ここ三日ほど」

怜の言い分に、槇はひとつ頷き、怜のかたわらに戻ってくる。

「勝手に薬を飲むのをやめるのは心配だが、確かに俺もこいつを飲み続けるのには賛成できない。同じ向精神薬でも、もっと副作用のない薬があるだろうに。今見たところ、どっちも最近は使われてなくて、代わりの新しい薬があるらしいじゃないか」

ドクターがヤブなのかよ、とコーヒーを口に含みながら槇は毒づいた。

「一ヶ瀬管理官は飲めと」

槇は低く溜息をつくと、脚を組み、腕組みまでした。

「あの人はお前をいつも、モルモットのように扱《あつか》うからな」

「モルモット?」

「知らないか?　実験用のネズミだ」

「…大事にしてくれている。実の息子のように思ってると、よく言われる」

本当は息子扱いではなく、もっと近しい存在に思ってほしいという、胸の裏の淡い気持ちは口には出さない。

その気持ちを、あの丹沢と名乗る男にまんまと利用されたのだろうが…、と怜は薄い表情の陰で考える。

三日前の晩、バーチャルのはずの装置で、まるで本当にあの男と身体を重ねたような錯覚に陥った。これまでのバーチャル・セックスとは全然違う、生々しい体温と強烈な快感。何かが頭の中から塗《ぬ》りかえられるようにも思えた。

バーチャル・セックスでランダムな相手と関係するのには抵抗はないが、それらとはまったく異なる、あの鮮明に脳裏に焼きつくような感覚をなんと言えばいいのだろう。

身体《フィジカル》ばかりでなく精神面《メンタル》でもぴったりと重なり合い、まるで全身が粟立《あわだ》つような…、と怜は目を伏せる。

あの恐ろしいまでの一体感がなければ、得体の知れない男の言葉などみすみす信じない。処方された薬を一ヶ瀬の許可もなく勝手に減らすなど、槇でなくとも不安に思う。

なのに…、と怜は目を伏せる。誰よりも鮮明に聞こえてくる、あの男の声…。

男の存在自体、現実とサイバーゾーンとの境を乗り越えてくる『セイレーン』なのかもしれないのに…。

そんなもの思いに気づいた風もなく、槇は怜の返事にまた一つ溜息をついた。

「本当に大事な人間には、こんな副作用の強い薬を毎日飲ませない」

「一ヶ瀬管理官は、俺のことをよく知っている」

怜は淡々と応じた。

しかし、確かにこの三日ほど、人の声や会話がはっきりと認識できる。今のこの槇との会話ですら、これまでのような膜越しに聞こえてくるような遠い他人事とは異なり、すんなり頭の中に入ってくる。丹沢がこの二つの薬を飲むなと言った理由はわからないが、認知障害や解離の強い副作用があるのは確実だろう。

「…で、お前は平気なのか？　三日もこの薬を飲まないでいて。副作用は問題だが、効果もそれなりにあるようだ。勝手にやめるとキツいんじゃないのか？」

「頭痛が少し…、ずっと続いている。あと、姿勢を変えるたびに軽い目眩がある」

「我慢できる範囲か？」

「わからない」

今のサイバーゾーン指定域への移動には、視覚化した座標を元に動いている。しかし、この電子座標と意識の統合は、怜にとってはかなりの負荷がかかる。そこに自分以外の人間を送り込むのにも、やはり相当なエネルギーを要する。けして楽な作業ではない。

多少の頭痛や目眩なら我慢できないこともないが、それでも不快は不快だ。この薬を飲むのをやめることで、どれだけのリスクがあるかわからない。わからないが、かといってこれまでのように飲み続けたいとも思えない。現状を維持したいという意欲がなかった。

「この薬も薬だが、お前も無茶をするな。もっとも、お前が自分から何かをしようと思ったこと自体が快挙《かいきょ》かもしれんがな」

槇は怜には理解できないことを呟く。

「それで、お前にその薬を飲むなって言ったのは？」

槇の問いに怜が黙ったままでいると、いつもの無反応だと思ったのか、槇が溜息交じりに頭をかく。覚えていないと思ったのかもしれない。

「まぁ、できるだけのフォローはするが、あまり無茶はするな」

それには答えずにしばらく黙ったあと、怜は槙に視線を向けた。

「極東ロシア軍とは、もう何回か打ち合わせを…？」

怜が自分から積極的に何かを尋ねるのが珍しいのか、また少し槙が興味深げな視線をこちらに向けてくる。そんな槙の表情さえ、これまでの怜には把握《はあく》できていなかった。

この男はこんな顔立ちをしていただろうか。こんな目を自分に向けていたのだろうか…。

だが、そんな瞬間的な思いは長くとどめていられず、次の瞬間には怜をそれを忘れた。

「三回だな。向こう側のボリゾフというリーダーが、かなり切れ者だ。打ち合わせの内容についてはデータを送っただろう」

圧縮した映像と音声データは確認しているが、その中では丹沢は同席しているものの、ほとんど喋《しゃべ》っていなかった。一ヶ瀬に出身を聞かれて答えたぐらいだ。

なので怜はあの会議に出ている男と、三日前に自分をバーチャル上で抱き、薬を飲むなと告げた男の存在は別物ではないかと疑っていた。それこそ、『セイレーン』がたまたま、あのロシア軍の男の姿形を取って現れているのではないかと。

それとも、怜があの会議に出ていると思っている丹沢というロシアのチームドクターの存在、一ヶ瀬が気をつけろといったクラスノフという男の存在すら、怜の記憶の混同、あるいは錯乱《さくらん》なのか。

槇の言うとおり、副作用の強い薬なら、本来の怜の能力の暴走を抑えるための抑制剤としての効能《こうのう》もやはりそれなりに強いものだろう。薬を飲まなければ、それが暴走した時には、やはり怜は戻って来られない、あるいは仲間を死の危険に晒《さら》す可能性がある。

死ぬこと、戻って来られなくなることについてはとりたてて感慨《かんがい》はない。だが、槇を含めたチームメンバーまで危険に晒すこと、そして、一ヶ瀬がそれにどれだけ落胆し、任務の失敗によって責められるのか…、そこまで考えると怜も漠然とした形のない不安と焦燥《しょうそう》に捕らわれる。

怜の能力を施設で見出して以降、歳の離れた兄のように怜を可愛がり、あれこれと面倒をみてくれたのは一ヶ瀬だ。怜がこれまで確実に任務をこなしてきたのは、いつも口許に穏やかな笑みを浮かべた一ヶ瀬のためだったともいえる。

「処方される薬には、それなりの理由があるんだろう。頼めば、この薬は別のものに代えてもらえるんだろうか？」

「持ちかけ方次第かもしれんが…」

まぁ、無理じゃないか…、と言う言葉を、槇が呑みこむのがわかる。それも以前は、まったく気にも留まらなかったものだ。

「だが、お前がこれだけ自分から積極的に喋るのは、やっぱり薬を控《ひか》えてるせいだろう。それだけ副作用が強い薬なんだ。…しかし、お前、そこまで喋れたんだな」

しげしげと怜の顔を見たあと、そうだ…、と槇が立ち上がる。

「お前はコーヒーにミルクがいるんだったな。牛乳でいいか？」

「いい、このままで」

怜は断《ことわ》り、少し冷めたように見えるコーヒーに口をつけた。

「どうだ？　違うか？」

槇が尋ねてくるのに、怜は首を横に振った。

「よくわからない」

槇はどこか不思議な表情を見せたあと、怜から見てもかなり不器用な仕種で頬に触れ、すぐに手を引っ込めた。

「…気にするな」

コーヒーを半ばまで飲んだ怜は、やがてカップを置いて立ち上がった。槇は特にそれ以上は引き留めない。

最後、自分の部屋よりも広い部屋を出る際に、怜はふと思いついて尋ねた。

「槇、結婚はしないのか？」

「何を唐突《とうとつ》に…」

大男は困ったような表情で頭をかいた。

「結婚なんざ…、そいつは堅気《かたぎ》の人間がするものだろう？」

「槇は堅気じゃないのか?」

「いつ戻って来られなくなるかわからないような仕事だ。今も昔も」

槇の言葉に、怜は少し考えて頷く。

「…確かに」

「だから俺は、そんなものとは縁《えん》がないんだよ」

怜は槇の顔をちらりと見上げる。この男はこんな表情を持っていたのかと、しばらく視線を止めた。

「帰る」

踵《きびす》を返す怜の背中に、槇の声がかかる。

「おやすみ、怜」

そんな槇の呼びかけに、怜はもっと遠い昔、まったく別の声で自分にそう呼びかけてきた誰かの存在を、ふと思い出した。

あれは誰だったのか、一ヶ瀬のような気もするが、一ヶ瀬とはまた言い方が少し違う気もする。

——君とはずっと一緒だった。

ふいにあの男の声が蘇《よみがえ》ったが、怜はいつものように薄い表情のまま、部屋へと戻った。

槇には少し頭が痛むと言ったが、正直なところ、頭痛と目眩は動くたびに感じる。我慢できないほどではないが、非常に不快だった。その一方で、少し前なら目にも留まらなかったもの、耳にも入っていなかったことが、自分でも驚くほどに意識される。目眩や頭痛は、今になって怜が認識している情報量の多さによるものかもしれない。

怜はしばらく考えたあと、普段、ほとんど使うことのない部屋の端末を起動させてみた。

――君はこの端末しか使わないんだね。

そう言った丹沢の言葉がまだ頭の隅に引っかかっていたためだ。なぜかあの男の言葉は、ひとつひとつが頭に残る。

だが、例のバーチャルセックスの装置は意識的に避けた。もし、あれが『セイレーン』だとしたら、単に丹沢という男の姿を取っただけの魔物だとしたら、あの装置ではあまりに怜は無防備な状態になる。

誰か…、怜は無意識のうちに頭の奥をよぎりかけた言葉に、ふと意識を留めた。

今、何を思いかけたのか、誰か…、何…?…、手を止めかけた怜は、それ以上考え続けることが出来ずに、そのとりとめもないもの思いを放棄《ほうき》した。

そして、怜はゲスト棟のスキャンから始めた。

怜自身はあまり探索や探知そのものは得意ではない。そして、施設内には普通の人間には侵入そのものが不可能な、厳重なセキュリティが張り巡らされている。怜はそこに、探索という名の侵入を果たそうとしていた。

一ヶ瀬が探らせていると言ったまま、その後、音沙汰《おとさた》のない男のバックボーンを何らかの形で知りたかった。

これまで足を踏み入れたことのないゲスト棟の形状からスキャンして、丹沢の居所を探そうとしていると、ふっと強制的に画面が切り替わり、丹沢がその中に現れた。

「…っ！」

まさに探ろうと思った瞬間に丹沢が現れ、さすがに怜も息を呑む。こちらのスキャニング中に、当の相手が横から割り入ってきたような形だ。

「私を呼んだかと思った」

そう言うと、丹沢はゆるやかに唇の両端を上げて見せた。

「君に呼ばれると、すぐにわかる」

「…なぜ？」

「昔から、君と私との親和性は非常に高かったからね」

丹沢はふと片目を眇め、意識を他へと凝らすような顔を見せた。

「少し話せる？」

「話す？」

「ああ、直接会って。できれば施設の外がいい。監視の目がないからね」

「俺がそれに応じると？」

「応じてくれればいいと思ってる。何年もかけて、君に会いにここまで戻ってきたんだ」

丹沢は施設の外、ゲスト棟を取り囲むように広がる、国定公園にも連なる林を指定すると、そのまま回線を切った。

しばらくどうしようかと考えた挙《あ》げ句《く》、怜は自分の居所《いどころ》を知らせる腕の携帯端末を外し、部屋に置いて出た。

危険だと思う一方で、この謎めいた男について少しでも知りたいと思う気持ちが抑えられなかった。自分の中で、ここまで積極的な欲求を覚えたことはない。

怜は居住スペースの裏口から、そろりと人目を忍んで外に出た。林の中は一部、遊歩道ともなっており、その奥は指定自然公園となっている。

林の中からゲスト棟を遠目に見られるところを歩いてゆくと、脱いだスーツの上着を腕にかけた長身の男が、夕暮れ時の林の中をゆっくりと歩いているのが見えた。

あれが…、と思う間もなく、腰の位置の高いその黒髪の男は怜を振り返る。

そして、まるで長い馴染みでもあるかのように笑いかけてきた。

「怜」

嬉しげに笑い、呼びかけてくるこの呼び方を知っているような気がして、怜は表情薄いながらもわずかに首をかしげ、その場に足を止めた。

ネクタイの襟許をゆるめた男は、怜の方へとやってくる。

「久しぶり、怜」

何が嬉しいのか、怜の前に立った男は目を細めた。怜はしばらくしげしげと、そのブルーがかった色の瞳を見つめる。これに似た目を知っている気がするが、頭の中に靄《もや》がかかったように思い出せない。

頭の中に靄がかかったようなのはいつものことだが、いつもとは違う焦燥《しょうそう》を感じる。

「…眼鏡」

この眼鏡のせいで思い出せないのだろうかと呟くと、ああ…、と男は眼鏡を外した。

「能力と共に、視力がずいぶん落ちてしまったんだ。目の色も、君の覚えてる時よりは褪《あ》せてしまってると思う」

この男はずっと、怜が自分を知っているような口ぶりで話すと、怜はただじっと丹沢を見上げる。

「…『セイレーン』?」

「もっと早くに戻ってきたかったけれど、力がなくて戻れなかった」

訝る怜に、丹沢は楽しげな笑い声を上げた。少なくとも、この男は『セイレーン』の存在を知っているようだ。ロシア内でも認識されているのか。

「ここはサイバー空間でもないし、私は今、こうして君の前に立ってる」

ほら…、と男は怜の手を取り、頬に触れさせた。とっさに手を引こうとした怜は、思い直して男の頬骨の高い顔に触れ、その輪郭に沿ってそっと目許、耳、髪へと触れた。

そんな怜の手をそのままに男は尋ねてくる。

「薬を控えた？　少し顔色もいいように見える」

「…頭痛と目眩が出る」

事実上、丹沢の言葉を肯定したようなものだが、男はとりわけ手柄顔や得意顔を見せるでもなく頷いた。

「視覚化した座標を用いてるせいだ。あれは君にずいぶんな負荷をかける。最近開発されたミドルソッドっていう鎮痛剤を使うと、痛みも少しはマシなんだが」

そう言いながら、丹沢は手の平サイズの測定器のようなもので、怜の頭のてっぺんから爪先まで、そしてさらに背中側にまわって踵から再び頭のてっぺんまで何かを探るように上下させた。

何をしているのかとそんな丹沢の動きを見ながら、怜は聞き慣れない薬の名前を復唱する。

「ミドルソッド？」

「そう、特定薬長期服用の中毒性や後遺症が気になって調べた。このユーラシア・極東地域の統一認可薬だ。ミドルソッドなら中毒性もなく、副作用が少ない…っていうより、本当はイプサジルもカルトスも、君には必要ない薬なんだ」

「必要ない？」

ないな、と呟くと丹沢は怜を見下ろしてくる。

「部屋を出る時に何か装置を外した？　あるいは置いてきた？」

「居場所を知らせる携帯端末を」

なるほど、身体に埋め込んであるわけじゃないのかと、男は口の中で小さく呟く。

どうやら、その存在を測定器で探っていたらしい。一ヶ瀬には必ず持ち歩けと言われているものだが、この男はそれを知っているようだ。

「今出てる頭痛や目眩は、おそらく強い副作用のある抑制剤を長期にわたって服用し続けた後遺症だろう」

「医者だからね」

「ずいぶん詳しい」

「でも、それを信じなきゃいけない理由がない」

つれない怜の言葉にも、丹沢はそうだね、とずいぶん楽しそう…、見方によっては幸せそうにも見えるような表情で笑うばかりだ。そして、ふと真顔になった。

「前は君の痛みもある程度中和《ちゅうわ》できたけれど、今はもう私にその能力は残ってないかもしれない…」

ふと男の指が伸び、怜の髪にそっと触れてくる。気がつくと、そのまま両頬を挟むようにされ、顔を持ち上げられた。

丹沢が身をかがめるようにして唇を重ねてくるのを、怜はただ黙って受ける。

「目は閉じてくれないの？」

答えずにいると、怜…、とどこか痛いようにも聞こえる声で呟き、丹沢は続けてこめかみへと口づける。

この男はいつも笑っているように見えると、怜は黙ってそのキスを受けた。

「この前の晩はありがとう。素敵だった」

キスをされても表情ひとつ変えない怜にも、男は愛しげに触れてくる。頬をすべるその指の感触に怜は目を伏せる。

「…単なるセックスだ」

それは…、と丹沢はまっすぐに不思議な色の瞳で怜を見つめてきた。

この色は好きな色だ…、と怜はその目をただ見上げる。

「怜、君は人が何のために身体を重ねるか知らないのかな？」

「セックスに意味が？」

丹沢はどこか困ったような顔で笑う。

「…あると信じたいね。あとくされのないバーチャルよりも、人が肌を合わせることを好むのはなぜだと思う？」

「さぁ…、意味がわからない」

怜の言葉に丹沢は身をかがめ、さらにこめかみと頬に口づけた。なぜかよくわからないが、そのキスは理解できない不可解な余韻を胸の内に残す。

「怜、本来、私にあった能力を覚えてる?」

「能力?」

「君の水先案内人《カノープス》だった。電子座標なしで、サイバースペース内の目標地点へ導くことのできる…」

「…そんな能力、聞いたことがない。どこの国もサイバースペース内では、電子座標を使って動いている」

「私がそうだったんだ。それがこの国によって見出された、私の特殊能力だった。今はその力も半ば以上奪われてしまったが…」

「奪う?」

丹沢はひとつ頷いた。

「一ヶ瀬にね」

二章

I

怜が『昴』のメンバーを、自分と共に送り込むサイバー空間はかなり特異だ。一部歪んだ空間のかたわらを大量の数字が流れてゆき、やりとりされる膨大なデータが、光る色彩の川のように上下左右を行き交う。その中を電子座標に従って、かなりのスピードで移動するのは怜の力だ。「空間転移」という特殊能力の一種らしい。

もっとも、これは怜が認識しているサイバースペースがこういう空間なのであって、他国のように画面上で視覚化している分には、また違ったように見えている。また、端末上では視覚化できる箇所にも、かなり限りがある。

『左斜め前方、U型トラップ、H型トラップ』

インカムから分析・探査にあたる宇野の声が聞こえてくる。

怜が反応するまでもなく、槇と江口の手にしたレーザー銃が宇野の示したあたりを一気に焼いている。いわゆるデータ焼きという、サイバー内のウイルスやトラップを破壊するための電子出力装置だ。

続いて井波と赤間が逆追跡型トラップをしかけていた。

『これでたいていの進入路は塞《ふさ》いだんじゃないか?』

『いたちごっこだ。どうせまた、次の穴を開けやがる』

『これは華北じゃないなぁ、華南の方だ。見ろ』

黒ずくめの光学迷彩スーツをまとう男達がぼやく声を、怜はコートのポケットに両手を突っ込み、やや後方に立って聞いていた。いつもは聞いても頭の中に残らない声が、ひとつひとつ頭に入ってくる。同時に怜は、これまでは気にも留めなかったサイバー空間を見まわしていた。

昨日まで感じていた頭痛や目眩がない。それは長く飲んだ薬の副作用だと言ったのは丹沢だったが…、と怜は眉を寄せる。以前の自分には怜の痛みを中和する力があったが、今はおそらくその痛みを取る力がないとも言っていた。

得体の知れない男の、そんなたわごとにも過ぎない言葉を真に受けるのもどうかと思うが、確かに痛みは消えている。

だが、あの男は一ヶ瀬が自分の能力を奪ったと言う。それは怜への揺さぶり、あるいは離間《りかん》工作の一つではないのか。

怜は丹沢が触れたこめかみあたりにそっと触れてみる。その瞬間、過去にもそうして誰かが同じようにこめかみあたりに触れた感触が頭をよぎった。

いつもそうして怜に触れてくるのは、一ヶ瀬だったはず…、と怜は軽く混乱する。一ヶ瀬だったはずだが、今はなぜか触れ方が違うように思えてしまう。

『右下方、距離四〇！　移動型障壁！』

宇野の叫びに怜は振り返る。収縮しながら揺れて近づいてくる光の襞でオーロラのようにも見えるサイバー障壁に向かい、とっさに手にしていたレーザーランチャーを発射していた。

すさまじい閃光と共にサイバー障壁に大きく穴が開く。そこへ駆け戻ってきた槙が、立て続けに障壁の発信元となっているパケットを焼き、無力化した。見た目には美しいが、巻き込まれると身体中を焼かれる障壁だ。

背中がひやりとする感触があまりにも生々しくて、怜はランチャーを手にしたまま、額に浮いていた冷や汗を拭った。こんなことは、これまで何度もあったはずなのに自分でも驚くほどに危機感が真に迫っていた。

そして同時に、以前にもこんな障壁ギリギリで誰かに庇《かば》われたことを思い出す――それは怜にとってははるか遠い記憶で…。

『華南のトラップを壊すと、こっちの華北の障壁が作動する仕組みか。あとから華北がしかけたんだろうが、これは新手《あらて》の二重トラップだなぁ。同じ特区が二重にトラップをしかけるのは、これまでもあったが…』

あやうく華北に荷担《かたん》してしまうところだったと、付近を探りながら怜の動揺に気づいていないらしき江口が唸《うな》る。

それにしても…、と井波が振り向く。

『やればできるじゃないか、お姫《ひい》さん』

『井波』

揶揄する井波を、槇がたしなめている。

『いや、いっつもただ俺達を送り込んで、連れ帰るだけみたいな顔して後ろでぼうっと突っ立ってるからさ。ちゃんと一人前にランチャーも撃てるんだなって』

『よけいなことを言って気を抜くな。それに怜はすべて一人前の訓練は受けてる』

『そんなムキになるなよ。褒《ほ》めてるんだよ、助かったのは確かだからな』

これまで当然のように言い交わされていただろう会話に、怜は短く溜息をついた。すぐ近くにいた江口がそれに気づいたらしく、あれ?…というような顔を見せる。しかし、目が合うと指を四本揃え、引き続き作業続行とのサインを送ってきた。

チームの男達が慎重に周囲を探る中、怜はこめかみに手をあて、さっき頭の中をよぎった遠い記憶を探ろうとしていた。

それはまだ、大人にはなりきっていない少年の背中で…、怜は靄がかかったようにおぼつかない自分の記憶を呪いながらも、少年の背中の影と共に蘇った瞳の色、怜を振り返った少年の瞳の色――そこだけが頼りなく断片的な記憶の中でもやけに鮮明な色に、唇を驚愕の形に開いていた。
それは施設の中でも少し珍しい、灰色がかったブルーの瞳だった。

Ⅱ

翌日、怜は午前中、ミッション前に能力特化訓練のために専門の部屋へと呼ばれていた。怜一人を対象とした能力特化訓練は、週に一、二度の割合である。暴走しがちな怜の空間転移能力を抑え、より制御しやすくするための訓練だと聞いていた。

いつも一ヶ瀬が立ち会うので、これまでは訓練内容について疑問を持ったことはなかった。昔は導入部で一ヶ瀬が静かに話しかけてくる、もっと睡眠療法にも似た形式だったように思うが、詳しいことはほとんど覚えていない。それともあれは、いつか見た夢だったのか。

そういえば長く夢など見ていない。むしろ、自分は夢を見た記憶があったかと、怜はいつもの黒ずくめの格好で廊下を歩きながら考えていた。

ここ数年ほどは被験室のプライベートソファ型のゆったりしたリクライニングチェアに座り、暗い部屋で民族音楽や宗教音楽にも近い独特の発声の静かな音楽を聴きながら、抽象的な立体映像を小一時間ほど眺める。

映像は景色だったり、多数の人が行き交う街角の映像だったり、ゆるやかな光のイルミネーションだったりと、じっと見ていると部屋の暗さや音楽のせいもあって、いつも眠気や意識の乖離を感じていた。半ば眠っていたこともあるが、寝たければ寝てもいいんだよと、一ヶ瀬は笑ってくれていた。見守られているようで、怜にとって一番安心できた時間とも言える。

しかし今日、怜は被験室に入る前に手渡された薬剤三錠を、飲む振りをして奥歯の脇へ押しやった。丹沢に言われたからではなく、その薬がなんのために出されているかも知らなかったが、昨日、ふいに記憶の中から蘇った怜を振り返ったブルーグレーの瞳の色が、ずっと頭の中を占めている。

非常に危険な衝動《しょうどう》だろうが、本当のことを知るためになら、多少のリスクもかまわないと思えた。

誰が敵で、誰が味方なのか、忙しく頭をめぐらせながら、怜はリクライニングチェアに座る前に口中《こうちゅう》の薬を吐き出し、ポケットにすべらせる。

子供時代はこれまでほとんど振り返ることもなく、思い返すこともなかった。それどころか、昔の自分の記憶があまりにおぼつかないことにすら、気づいていなかった。

少し前までの怜は、目の前の『今』しかとらえられず、それすら長く記憶にとどめておくことが難しかった。あの感覚をたとえるにはなんと言えばいいのだろう。意識は身体の中にあるようでいて五感《ごかん》は鈍く、すべてが何か分厚い膜《まく》を通して起こる出来事のように感じていた。

リクライニングチェアに身を埋《うず》め、ヘッドセットをつけ、いつものようにゆっくり旋《せん》回《かい》しはじめた小さな光の渦《うず》を眺めながら、怜が思い描いていたのはこちらを振り返った十四、五歳の少年の顔だった。

――怜！

名前を呼んだ声の調子も、ふっと何かが浮かび上がるように頭の中に蘇った。

確か怜はサイバー空間をトレーニングのために移動中で、着地点を誤ったのだと思う。移動した先が、どこかの国の設けたサイバー障壁ギリギリのところだった。

あの時、身を挺《てい》して怜を庇おうとしてくれたあの少年が、一ヶ瀬のはずがない。一ヶ瀬は怜と共にサイバー空間に入ったことがない。ならば、あそこまで懸命に、下手をすれば自分が障壁に引っかかって吹っ飛ぶリスクを犯してまで怜を守ろうとしてくれたのは誰なのか。どうして自分は、そんな大事な相手を少しも記憶していなかったのか。

昨日の夜、長くベッドの上で膝を抱え、散り散りになっている欠片《かけら》をかき集めるようにしてなんとか思い出した記憶の断片は、今もまだうまく繫がらない。

子供時代、いつも怜の横で笑っていたのは一ヶ瀬だとばかり思っていたが、そもそも怜と一ヶ瀬は十四ほど歳が違う。歳の離れた弟のように気にかけてもらってはいるが、一ヶ瀬の親しさとはまた違って…。

笑った?…、と怜は切り立つ高い山を鳥のように風に乗って越えてゆく映像を見ながらも、記憶の中の遠い誰かの面影を探していた。

もっと誰かが屈託《くったく》なく、笑い、話しかけていたような…。それと同時に、唇がこめかみや頬をくすぐるような感触も同時に浮かび上がってくる。ふわりと甘く頼りない、小鳥がすぐ側で羽ばたくようなキスとも呼べないほどのライトな口づけ、親愛の情…。そのキスの向こうにあるのは、ブルーグレーの瞳ではなかったか。

錯覚《さっかく》かと思いながらも、怜はまだ意識の奥底に沈んだ過去を探る。音楽のせいか、目の前を揺れる映像のせいか、散発的な記憶が闇の中から立ち上がっては消えた。

はたして、自分にはそんな親しい存在はいたのか?　ならば、その相手について、一ヶ瀬が何も言わないのはなぜか。

あの男は…、丹沢は、自分の特殊能力を一ヶ瀬に奪われたと言ったが…、それすらも怜の動揺を誘い、一ヶ瀬との間の離間をはかるものなのか…。

そこまで考えたところで、映像は小さく螺旋《らせん》を描く最初の光のイリュージョンへとふっと切り替わった。

そこで感覚は霧散《むさん》してしまい、怜は知らず深く溜息をついた。

十五分ほどのクールダウンのあと、被験室を出た怜は、椅子の背にかけてあった黒のロングコートを手に取る。昼食にはまだ時間がある。三十分ほど休憩を取ったあとは、今日のミッション行程をビジョン化したものに目を通すつもりだった。

「怜」

一ヶ瀬が手許の端末に目を落としながら、声をかけてくる。

「ちゃんと薬は飲んでる?」

おそらく、今日の怜の脳波や血圧などのデータを見ているのだろう。

一ヶ瀬の問いをうそ寒く思いながら、とっさに怜は頷いた。

やさしい声、やさしい笑み…、ずっと怜がこれまで胸の内で慕《した》わしく思ってきたはずのものに、なぜか今は違和感を覚えた。

「今日は少し疲れてたのかな?　波形にかなり乱れがあるね」

一ヶ瀬の隣の専任技術士も頷く。

「うまくデータが入らなかったかな。反応値も低い」

その言葉の意味が完全には理解できないながらも、すうっと背筋が冷える思いがした。

取り繕《つくろ》い方がわからず、怜はただ一ヶ瀬を黙って見返す。

「日を変えて、またやってみようか。二、三日中に再設定するから」

「…了解」

答える怜に向かい、一ヶ瀬は親しげに小さく手を上げて見せた。

なぜかその笑みが怖い。怖くてたまらない…。

Ⅲ

夜、丹沢は自室でいくつかの新しいメールに目を通していた。

薬物治療に関する専門的なアドバイス内容が五本、さらにそれにまつわる治療環境を積極的に用意するという申し出が三本。それとは別途、怜の持つ能力についての質問が十二本。空間転移能力はサイバースペース内に限らず、大気圏外——つまりは宇宙空間でも作用するのか…、そんな内容だった。

丹沢は一部には丁寧に答え、いくつかについてはそのまま回答保留にして、シャワーを浴びに行く。丹沢が髪を拭《ぬぐ》いながら浴室から出てくると、机の上の携帯端末の通知ランプが赤く小さく点滅していた。

怜が部屋の端末を立ち上げるとわかるよう、独自の網を張ったものに反応しているらしい。

「怜？」

端末を操作すると、すでに丹沢の接触を待っていたように、怜はそれまで伏せていた目を上げた。

その瞬間、おそらく怜はかなりはっきり意識を保っていることが感覚的にわかった。この間まで焦点が合わずに揺れていた瞳が、画面越しにもまっすぐに丹沢をとらえてくる。

怜は部屋に戻っても部屋着に着替える習慣がないのか、あいかわらず黒のハイネックを身につけている。

「…部屋?」

「ああ」

「髪が濡れてる」

「シャワーを浴びてた」

丹沢が考える以上に積極的に質問を投げかけられ、驚く。

この独特の間《ま》は、むしろ昔の怜だ。話し方も抑揚《よくよう》のないロボットじみたものから、かなりしっかりしたものになっていた。こちらの状況について尋ねられたのも、再会してから初めてだ。

さらに驚いたことに、怜は続けて自分から尋ねかけてきた。

「少し話せるか?」

「それはもちろん」

「どこへ行けばいい?」

怜はやや身を乗り出し、尋ねてくる。そんな仕種に子供の頃の怜の反応を思い出す。丹沢の知る頃とは声変わりもしているが、間違いなく怜が昔の状態を取り戻しているとわかる。

「私の部屋に来る?」

怜は眉をひそめ、わずかに首をかしげた。

「監視システムに引っかかるかも」

丹沢は怜の迷いが自分の部屋に来ることに対してではなく、施設内の監視システムに引っかかることだということに、柄《がら》にもなく声を洩《も》らして笑ってしまう。そして、自分が長くこんな笑い方を忘れていたことに気づいた。

「そういう工作は専門なんだ」

丹沢の言葉に怜は顎を引き、小さく歳相応《としそうおう》の笑いを見せた。まだぎこちないが、表情の中に笑みが出てきたのはいい傾向だ。

「十分ほど待ってくれ。システムに細工《さいく》する。こちらの部屋はわかるか?」

丹沢は工作任務に使う別の端末を引き寄せ、リンクさせる。もともと怜の部屋に容易にコンタクトできるように設定していただけに、さほど時間は置かずに施設内の概要図を怜との会話中の画面に流し込めた。

怜の部屋から丹沢の部屋までの案内を画面上に浮かび上がらせると、怜は目を見開いた。

「早いな」

「元は君の水先案内人《カノープス》だったと言っただろう？　十分経ったら、赤いラインの通りに進め」

怜は頷くと腕についた携帯端末を外し、操作した。おそらく、この間言っていた怜の居場所を示すという端末だろう。十分というその数値が、画面上に貼りついて出てくる。十一歳の頃の怜の勘のよさは、今も失われていないのだとわかった。

「その携帯端末はそこに置いておいてくれ」

怜は小さくひとつ頷く。

「十分後に」

怜の言葉と共に画面が消え、数字のカウントダウンが始まる。丹沢はそこから七分ほどで監視システムへの侵入を終え、怜の動きに従って数秒ずつのダミー情報を送る設定を終えた。

対外的には厳しいサイバー防壁を設けている組織でも、内部に関してはさほど厳重に監視していないところが多い。内部に対してセキュリティを設けすぎると、色々と業務に支障をきたすためだ。極東ロシア特区でもそうだが、それは日本も同じだった。

丹沢はゲスト棟に入った怜の動きを確認したあと、やってきた怜の前に部屋のドアを開いた。部屋に一歩入った怜は、入り口で丹沢を見上げてくる。

「ロシアの医者は、色んなことができる」

声の抑揚はまだ少ないが、単なる医者以上のサイバー工作技術を持っていることを揶揄《やゆ》しているのか。

「車も修理できるし、ボルシチも作れる。お望みなら、味噌汁だって」

丹沢の軽口に、怜はわずかな間の後、小さく笑い声を立てた。ぎこちないのは仕方ない。ほとんど動かなかった表情筋が、やっと感情の起伏にあわせて動くようになってきたからだろう。まだ、思うようにも動かず、表情の作り方もつかめないのかもしれない。

自分がこの国を追われて十七年の間、怜も表情や感情を奪われていたのだろうか…。丹沢は眉をひそめ、思わずその頰に触れてしまう。

「会いに来てくれて嬉しい」

答えに困ったのか、怜はいくらか迷うような表情を見せる。

「聞きたいことがあった」

「それぐらいに信用はもらえるようになった?」

「信じろと言ったのはそっちだ」

シャワー上がりで、ローブをまとった丹沢は、冷蔵庫から柑橘《かんきつ》のフレーバーつきの炭酸水のボトルを取りだし、グラスに注いで怜に手渡す。

昔、怜が好んで飲んでいたものだ。ボトルデザインは変わっているが、やはり丹沢が怜の好物を知っていることに思いあたったのか、二人掛けのソファに腰かけた怜はじっとこちらを見てくる。

「信じてくれた?」

「わからない」

そう言った後、でも…、と怜はまだ表情の薄いまま、首をかしげた。

「二日後に能力特化訓練がある。この間の訓練の時、直前の薬を飲まずにいたら、それがデータ上にも何か数値で出てたらしくて、再度インプットし直すと言われた」

「能力特化訓練?」

怜の隣に腰かけた丹沢は訓練内容を尋ね、唇に指をあてがい、しばらく考える。

「おそらく、暗示や洗脳に近いんだろうね。薬との相互作用で、自我や自意識を抑えるように何らかの暗示をかけてるんじゃないだろうか」

「…その癖」

いきなり怜からの指摘を受けて、丹沢は自分でも気づかずに唇を指で押さえていたことに気づく。

「癖?」

「昔もあったか?」

口許を指差された丹沢は肩をすくめる。

「癖についてはわからないな。今、指摘されるまで気づかなかったぐらいだ」

怜はじっと丹沢の目の奥を見つめ、尋ねてくる。

「サイバー空間で、一度、俺を庇ったか？」

「庇うって、サイバー障壁から？」

何度か庇う、あるいは守る形になったことはある。

昔、訓練中の怜は、サイバー空間に入ってすぐは周囲の状況を把握できないことが多く、それが念頭にあった丹沢はいつも怜の周囲に気を配っていた。

頷くと、怜はこのぐらい…、と手で自分の頭より頭半分ほど高い位置を示して見せた。

「背が高かった？」

「それぐらいかな？　別れる前は、多分君とは十五センチぐらいの身長差だった。休憩時間には、君がよく肩にもたれかかってきていた」

何かを思い出したのか、怜は表現のしようのない複雑な顔を見せる。

しばらく待ってみたが、怜はそのまま口をつぐんでしまう。怜の中で、様々な思いがせめぎ合っている様子が見てとれる。なので、丹沢はそれ以上執拗《しつよう》には追い詰めずに口を開いた。

「その能力特化訓練についてだが…、実際に自我や自意識をどれだけ抑制できているかっていうのは、数値にはできないはずだ」

「…そうなのか？」

怜はわずかばかり、ほっとした表情を見せる。他に相談相手もなく、怯《おび》えていたのかと思うと哀《あわ》れだった。

「だから、脳波などでどれだけ刷《す》り込みが入りやすいかっていう状態を監視してるんだと思う。言い換えれば、その時間帯だけ脳を鎮静化する、あるいは眠っている状態にしてやれば、モニター上では君が覚醒《かくせい》しかけていることはわからないはずだ。反応値まで見ているなら、睡眠状態に近い方がいいのかな？」

怜はソファの上に膝を抱えるようにして、表情を曇《くも》らせる。

「睡眠状態になれば、それこそ思うように暗示をかけられるんじゃないのか？」

これまで自分が置かれていた異様な環境に怯え、丹沢に救いを求めに来たようだ。理由は何であれ、まずはそこまでの信頼を得られたことに、ほっとする。

「事前に飲まされる薬には、多分、多少の麻薬成分も入っていると思う」

「…麻薬成分？」

「その方が暗示内容をインプットしやすいからだ。誘導しやすいっていうのかな。中毒性のないものは選んでいるだろうが…。その薬の代わりに軽めの睡眠薬を手に入れられる？普通の催眠状態なら、自分に嫌なことは拒否できる。君がそれを望まないなら、無理に何かを刷り込んだりするのは無理なはずだ。とりあえず、二日後の再訓練は切り抜けないと」

怜は少し考える様子を見せる。

「槇に頼めばもしかして…、でも、二日後までには無理かもしれない」

槇…、と丹沢はもともと薄笑みを浮かべたように見える口角を、微妙に上げてみせた。

怜の代わりにチームリーダーとして出てきた、必要以上に大柄な男。それなりに能力は高そうで、ずいぶん怜を気にかけていた…、と丹沢は自分の医薬品の入っている整理棚から軽めの睡眠薬を取り出す。

責任感の強そうな男なので怜が頼るのもわからないではないが…、向こうもどうやら、怜を守ることに重きを置いているようだ。その中には、ずいぶん個人的な思い入れもあるように見えた。

むろん、今の日本特区において、怜の存在はなくてはならないものだろうが…、あの男は必要以上に怜を庇護下に置きたがっているように見える。

「これを使う？　もし、君が私を信じられるなら…」

怜はちらりと丹沢を見た。血管の薄青く透けた、不健康そうな瞼《まぶた》が気になった。おそらく施設をほとんど出たことがないのだろう、日焼けのない青白い肌と筋肉の薄い身体つき。薬物によって、長く運動と思考を抑制された結果なのか。

自分の顔色がこんなに悪いことに、怜は気づいているのだろうか。

「あんたが…」

言いかけて、怜は途中で言い直した。

「イツキが、『セイレーン』じゃないといいと思ってる」

そんなことに怯えているのかと丹沢は目許をやわらげた。

怜がどこまで丹沢について思い出したのかは知らないが、信用できないという思いは薄らいでいるようだ。

「私はここにいるよ、サイバー空間の魔物じゃない」

答えると怜はしばらく黙って丹沢の顔を見上げたあと、そっと唇を寄せてきた。

丹沢は目を伏せ、ほんのり湿って柔らかな唇によるキスを受ける。

「…怜」

「いっそ…、そうでもいいかと思った」

吐息が触れあうと、さらに深くと唇を重ねあう。

少しの自己破壊衝動…?…、そんな思いが口づけの合間にふと頭をよぎる。

怜は自分を壊したいのだろうか…、一瞬、そんな思いに眉を寄せた丹沢も、舌先が絡まりあうと、それを忘れた。しかけられるキスはたどたどしいのに、ふっと身体が浮き上がるような感覚がある。

懐かしい、共にいるとそれだけで何かが浮き立つような、研《と》ぎ澄《す》まされるような感覚は、昔、二人でいた時によく慣れた感覚だった。

バーチャルではなく、今、確かに目の前にある青年の身体はやや骨っぽく、丹沢にとっては馴染みのあるリアルな体温だった。

「怜…？」

確かめるように青年の腕が丹沢の首にまわされ、髪から耳、首筋から肩にかけてを撫でてくる。

ちりっと何かが焼けつくような火花めいたものが走り、その瞬間、怜も眉を寄せ、痛いような表情を見せた。

それでも怜は逃げることもなく、ただまっすぐに丹沢の目の中を覗き込んでくる。表面上の表情こそ薄いが、まるで何かを探すような必死な怜の想いは切実に伝わってくる。

不器用な指が、縋《すが》るように丹沢のローブを摑んだ。指が探るように胸許に触れ、たどたどしく愛撫らしきものを施《ほどこ》してくる。まるで何かの確認作業のような…。

過去の記憶のほとんどを失ってしまいながらも、怜なりにどうにか二人の間にあったものを探ろうとするような様子がいじらしくて、丹沢は胸に苦しいほどの痛みを感じながら口許を微笑みの形に作る。

「…イツキはいつも、笑ってた」

怜は呟く。

「笑ってるように見えた…、俺はそれに安心して…」

怜はどこか記憶を探るような表情を見せ、尋ねた。

「イツキの声は誰の声よりも、はっきり聞こえてくる」

十七年間…、と丹沢はこうして怜のかたわらに戻ってくるまでの、気の遠くなるような時間を思う。

遠く離れた地で、ただ、会いに来てと叫んだ怜だけを思い、そのかたわらへ戻ることだけを支えに生きてきた。

腕を伸ばし、ぴったりと細身の身体に沿った怜の黒いタートルネックを剝ぐと、怜は自分から協力して袖を抜く。痩せた青白い身体を、丹沢は抱き寄せる。

「こうしていると、安心するね」

丹沢の首を抱き、胸許にキスを受けながら、怜は小さく笑った。

「温かい…」

薄い唇が、小さな吐息を洩らす。

浅い色味の乳暈に口づけると、怜は喉許を仰《の》け反《ぞ》らせる。

「…あ、…それ」

小さな突起を甘嚙《あまが》みすると、布越しに触れあった下肢が熱を帯びるのがわかる。

スラックスに指を忍び入れると、怜は息を弾ませた。快感には忠実なのか、丹沢の手に自ら指を添えるようにして、腰を揺らし愛撫を促す。

表情の薄い顔がうっすらと上気して、ほんのりと口許が笑う。

感情も気力もすべて奪われて、単調なバーチャルセックスにしか喜びを見いだせなかった怜のそんな表情に胸が締めつけられて、引き寄せられるように唇を重ねた。

お互いの舌を絡め合い、貪り合うと、唇の端から溢《あふ》れた唾液を怜の舌が惜しむように舐めとる。

「ね、しよう…」

息も触れあう位置で、たわいない遊びに誘うような口調で怜は小さくささやいた。

「いいよ」

丹沢も思わず、引き込まれて笑う。十七年の年月を一気に飛び越えたかのように思えた。

この間、バーチャル空間では抱いたはずなのに、実際には身につけた衣類や肌の温もり、湿り気などが少しずつ違う。初めてではないのに何かが新鮮で、丹沢は抱き上げた怜の身体をベッドの上に下ろした。

筋肉量が少ないのか、痩せた怜の身体は身長に比べてずいぶん軽い。それに胸の奥が痛くなる。

肉の薄い身体に唇を這わせながら、眉を寄せた丹沢をどう思ったのか、怜が手を伸ばし、ローブの下、太股あたりに触れてきた。怜の指はためらいがちに内腿のあたりをまさぐり、下着越し、すでに兆《きざ》しはじめたものを握り、ゆっくりと愛撫する。

その間も、大胆な動きに比べればはるかに幼い表情が、丹沢を見上げている。目が合うと、ちらと怜は笑った。

「これでいい?」

まだ拙《つたな》い手淫《しゅいん》について尋ねているらしい。

「ああ…」

怜は身を起こし、姿勢を変えて丹沢の脚の間に顔を埋めようとする。

「怜?」

思わずその髪を握りつかんだ丹沢に、怜は不思議そうな顔を見せた。

「…嫌?」

「いや、そこまでしなくても」

怜は丹沢を握り、ゆるやかに指で愛撫しながら小さく首をかしげる。

「…したい」

その薄く幼い表情と不安定な欲望にまた胸が軋《きし》むような思いにとらわれたが、髪を握った力をゆるめると、怜はそのままおずおずと丹沢に舌を絡めはじめた。

技巧《ぎこう》は拙いが、その温かな口中に含まれると、それだけで自分が急速に熱を帯び、力を持ってゆくのがわかる。

「…怜」

その髪を梳き、剝き出しの肩や背中を撫でると、怜は懸命な様子で頭を前後させてこの行為にふけった。時折、歯がぎこちなくあたったりするのにも、逆に昂《たかぶ》る。

「…ん」

怜はやがて身を起こすと、自分から下着ごとスラックスを脱ぎさり、身を起こした丹沢の上に跨《またが》るようにする。

「怜…、できるの？」

尋ねると、丹沢に昂った自分自身を重ねあわせて、片手でゆるやかに扱《しご》きながら、怜は首を小さく横に振った。

「手伝って」

かすかな声に、丹沢は笑みを洩《も》らす。サイドテーブルを探り、武器の手入れにも使うグリスを手に取った。

怜の目が興味深げにグリスを手に取る丹沢を眺《なが》め、後ろに触れることを許す。薄い臀部《でんぶ》を割り、仄赤く色づいた箇所に触れた。

「ん…」

怜は息を詰め、丹沢が内部に指を沈めるのに耐えた。濡れた音と共に指が何度も出入りするたび、細い腰が攣《つ》れ、小さくつまった声が洩れる。

丹沢の指を喰い締め、その動きに煽《あお》られるように怜の身体は揺れた。痩せて薄く肋《あばら》の浮いた青白い身体が徐々に上気してゆく様子が、たまらなかった。

「…ぁ」

時間をかけ、怜の反応を見ながら、慎重に内部をほぐす。小さいだけの呻きが、少しずつ色を帯び始めた頃、丹沢がゆっくりと揃《そろ》えた長い指を抜くと、怜は息を弾ませた。

「おいで」

小さく腰を引くと、怜はおとなしく従う。

「ぁ…」

濡れたような吐息と共に、見かけからは想像も出来ない熱い粘膜に押し包まれた。

怜は深く息をつきながら、丹沢の助けに従ってゆっくりと腰を沈める。

青白いばかりの身体が、うっすらと汗ばんでゆくのを、今、まさに腕の中に直接に抱いて確かめる。

目が合うと、怜がまた小さく笑った。

「…イツキ」

濡れたような響きを帯びた声が、丹沢の名を呼ぶ。

「君に何度も呼ばれた」

うっすらと汗ばんだ背中を支えてやりながら、丹沢は自分も乱れた息の間から、ささやいた。

「…呼んだ?」

怜はまた切なそうに眉を寄せて呻き、丹沢の髪に指を絡《から》めた。

「俺の方こそ…、いつも…誰かに…、遠くから呼ばれてるような気がしてた…」

丹沢の首を抱き、怜は細いが熱のこもった声で耳許にささやいた。

ほっそりした腕が、切ないほどの懸命さですがりついてくる。

あの時、果たせなかった約束を取り戻そうと、腕の中の身体を精一杯抱きしめてやる。

丹沢に深く貫かれ、怜は何度もたまらなそうに呻き、喉許を反らした。深々と串刺しにされて動くことも出来ないと訴《うった》える身体を抱き、腰を捉えて下からゆるやかに突き上げる。

「…っ!」

グリスを塗り込んだ粘膜は熱く濡れ、丹沢に絡みつくように締め上げ、まとわりついてくる。怜は深く喘ぎ、唇を噛みしめた。

固く尖《とが》った乳頭を揉み込んでやると、怜は丹沢の首を抱き、懸命に唇をあわせてくる。

互いに唾液を絡め、もつれあう舌を吸いあう。

「んっ、んっ…」

怜の腰を揺すり上げながら丹沢の腹部にこすられ、今にも弾けそうに反りかえったものを握りしめてやると、怜は内股を何度も小さく痙攣《けいれん》させる。

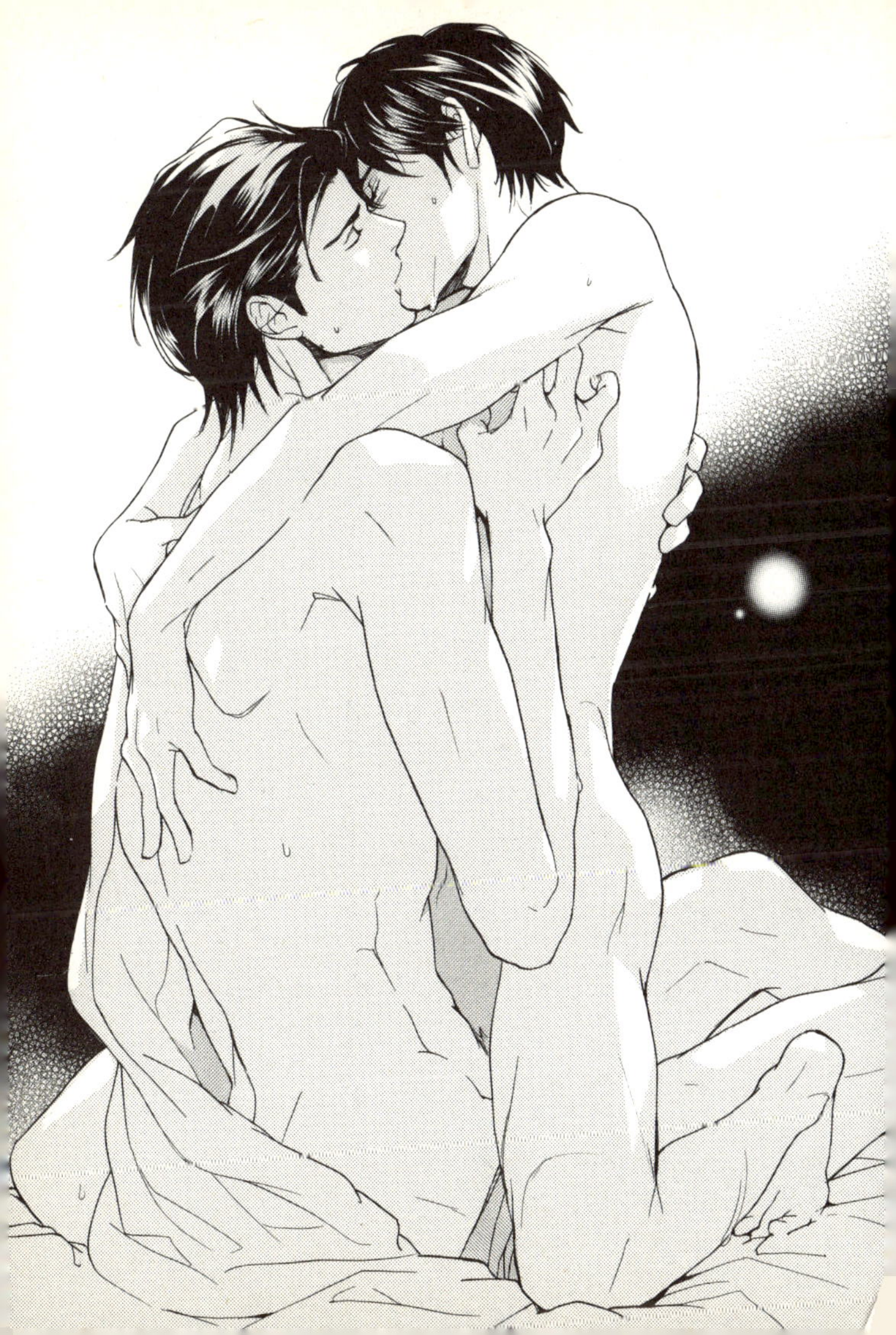

「あっ…！」

そこからいくらか扱いてやっただけで、怜は濡れた声を上げてあえなく吐精《とせい》した。

ぐらりと崩れかける身体を支え、丹沢はゆっくりと抱いた身体をベッドの上に仰向ける。されるままになっている青年の両脚を開き、その華奢な身体に覆いかぶさるようにすると、まだ繋がりあった部分が濡れた音を立てる。

「…ん…」

汗ばんだ髪を額にまとわりつかせ、怜はまたどこか色っぽいような声を洩らす。小さな乳頭が、まだ興奮に赤く尖っている。

「怜…」

こめかみのあたりに口づけると、薄い舌が獣のように丹沢の顎から唇にかけてを舐め上げてくる。

「イツキ…」

繋がりあえて嬉しい…、とどこまで意識が戻っているのかわからないかすれた声が、そっと丹沢の耳許で告げた。

Ⅳ

能力特化訓練のクールダウン中、怜は薄暗がりの中でじっと目を見開いていた。丹沢の説明通り、訓練二時間前にもらった睡眠薬を飲んで臨《のぞ》んだせいか、意識のあったのは最初の十分前後だけだった。

『お疲れ様、あと五分でブースを出てもいいよ』

専任技術士の声が聞こえてくる。

渓流《けいりゅう》のせせらぎの音が流れる中、視界の端に五分のカウントダウンを見終えた怜は、終了サイン音と共にブースを出た。

一ヶ瀬と専任技術士がモニターを見ているが、特に何も言われなかったので、とりあえずはごまかすことは出来たのだろうか。

『オーケー、怜。一時間の休憩を取ったあと、ミッションコントロールセンターに戻ってきて』

一ヶ瀬の指示に怜は目を伏せがちに頷くと、怪《あや》しまれないようにゆっくりとした歩みで訓練室を出た。

一ヶ瀬から特に説明は受けていないが、今日は初めてロシア側が『昴』のミッションに立ち会うのだと、槇には聞いていた。

槇が何を思って怜にもそれを説明してくれたのかはわからないが、あらかじめ知らされているのは助かる。同時に、それを事前に説明しない一ヶ瀬には不安になった。

一応、名目上は怜はチームリーダーとされている。それに丹沢を含む極東ロシア側の技術者達が立ち会うのは、かなり大きな意味がある。

「どうして俺は話を聞かされてないんだろう?」

槙に尋ねると、大男は困ったように頭をかいた。

「…まぁ、これまでのお前には…、なんていうか、説明するだけ無駄だと思ったのかな」

「無駄…」

槙が言葉を濁《にご》したのもわかる気はする。悪く言うつもりはないのだろう。ただ、一ヶ瀬はあまりに怜を侮《あなど》っているのではないだろうか。

二日前の晩、身体を重ねたあとも、ベッドの上でぴったりと隣に身体を寄り添わせ、怜にはまだ完全には理解できない複雑な表情のまま、そっと髪や身体に触れ、頬や肩口、二の腕に口づける丹沢を不思議な思いで見ていた。

そして、勝手にそんなキスに反応して震える自分の身体も不思議だった。まるで何かに呼応するかのように思える。

『薬に詳しいみたいだけど、どうして医者なんかに?』

怜が尋ねると、眼鏡を外した男は小さく笑った。

『何でもよかったんだ、上に這い上がれるなら』

『這い上がる?』

『そう、あの極東ロシアの児童施設を抜け出せるなら、何でもよかった。私は向こうに行った時には、もう日本にいた時に持っていた能力——水先案内人としての能力をほとんど失っていたからね。交換留学生としての価値は低いとされていた』

『価値？』

怜は顔を曇らせる。

『その分、何か他の能力…、手っ取り早いところで言うと勉強だけど、いい成績を取って学力的に有用な人材だと思われるのが、あそこから抜け出し、這い上がれる一番手っ取り早い方法だった。だから、死にものぐるいで勉強した。それでも言葉のハンデがあったからね。優秀だと認められ、有力者の養子となって後援を受けるまでには数年かかった』

『交換留学生って…？』

ああ、と片肘を突いて半身を起こした丹沢は頷く。

『私は別に自分の希望でロシアに行ったわけじゃない』

『希望なしに、他国に行けるの？』

『一ヶ瀬《あの男》が交換留学生という名目で、私を追いやったんだ』

丹沢はそこだけずいぶん冷ややかな顔を見せる。

『覚えてないかな。私が十四歳、…君が十一歳の時に一緒に脱走した後のこと…、私は隔《かく》離棟《りとう》に入れられていた。その間にどうやら能力の大部分を奪われたらしい。私は本当は君の水先案内人だったと言ったろう?』

丹沢は怜の頬に触れ、目を伏せてどこかやりきれないような表情を見せた。

『…脱走?』

怜は額のあたりを押さえた。

――イツキ、イツキ!

『…あ』

叫んだ自分の声が蘇って、怜は反射的にこめかみのあたりを押さえた。

――待ってる、待ってるから!

あれを叫んだ自分は、誰かに強い力で制止されていた。

地面に押さえつけられながらも必死で腕を伸ばし、怜の名を呼んだ少年の目は綺麗なブルーグレーの瞳で…、怜はとっさに目の前の男を見上げ、その目許に触れた。

大人になってずいぶん面立ちは男らしく変わっているが、頭のよさそうな雰囲気、まっすぐな鼻筋やこの切れ長の目許あたりに昔の名残がある。

あと、口角の上がった、黙っていると微笑んでいるようにも見える口許…。

――イツキ、ここから逃げようか?

『あ…』

怜は思わず声を洩らしていた。

──イツキをなくすぐらいなら…。

当時、そう、持ちかけたのは怜自身で…。

──うまく逃げられたら、ずっと一緒にいよう。

今に比べればはるかに幼い顔を持っていた少年に、自分はそうねだった。

──大人の恋人同士みたいに過ごそう。

十一歳の自分にできた精一杯の選択。

──ずっと言ってたみたいに、海の側に一緒に住もう…。

愚《おろ》かしいほどに現実的ではなかったが、それでも子供なりの精一杯の選択だった。イツキと離れるぐらいなら、二人で一緒に施設から逃げ出したかった。

サイバースペースなど、そして毎日の訓練や能力に対する施設の評価など、本当にあの時の自分にとってはどうでもよかった。怜の識字障害が発覚した途端、急に怜を引き立て、熱心に研究素材として扱うようになった一ヶ瀬ら研究グループの干渉も、イツキと一緒にいる時間を妨《さまた》げるだけだった。

それよりもただ二人、ずっと一緒にいたいと願った…。

『…ぁ』

丹沢の目から鼻筋に触れた怜は、やがて両頬を手で挟み込む。

『…イツキ？』

この目から、そして自分に触れてくるこの手から、大人達によって力尽くで目の前から引き離された瞬間を覚えている。

丹沢と引き離された時の、何か大事なものを奪い取られるような感覚。それはまるで、半身をもがれるようにも思えて、届かないことを承知で必死で腕を伸ばした。

――イツキ！　忘れないで！　どこへ行っても！

最後に叫んだ自分は、二度と丹沢に会えないと思っていた。

――僕を忘れないで！　忘れないで！

その後のことはまるで白く塗りつぶしたように、すっぽりと抜け落ちていてわからないが、そんな大事な記憶ですらずっと奪われていた怖ろしさが、今になってひしひしと身に迫ってくる。

『…忘れないって言った。絶対に…』

『ああ』

丹沢は笑って怜の頰に手をすり寄せる。

『会いに来てくれた…？』

『ああ、ずっと…。君に会いたいと、そればかりを願っていた』

そう言って、丹沢は二日前の晩、まるで宝物にでもするようにそっと指先に口づけた。

まだ…、と怜は目を伏せる。

まだ、怜が思い出せたのは過去のほんの一部に過ぎないけれども、あえて一ヶ瀬が副作用の強い抑制剤を服用させ続けていたことが怖い。特化訓練という名目の、何かの暗示や刷り込みも怖い。あれはいったい、怜に何をさせるためのものなのか。

すべてを思い出せたら…、と怜は焦れ、訓練後に向かった食堂で、ランチメニューを前に何度もカトラリーを握っては離した。

「何だ、珍しいな、坊やがこんなところにいるのは」

いきなり怜の目の前に断りもなくトレイを置いたのは、隻眼《せきがん》の男だった。

「赤間…」

「おいおい、まがりなりにも俺達はお前よりかなりの歳上だぜ」

口のきき方も知らねぇのかよ、と呆れたようにぼやいたのは、井波だ。

「いつもみたいに売店のランチパックを部屋に持っていって食うんじゃないのか？」

口髭の男は赤間と共に勝手に怜の前に腰を下ろす。

「正直、坊やが食堂で飯食ってるところなんて、初めて見たぜ」

赤間はニヤつきながら箸を取った。

「いや、あの一ヶ瀬の野郎と一緒に飯食ってるのは見たことあるぞ。すっげー、無表情なままで」

井波と赤間は何がおかしいのか、ゲラゲラと手を打って笑った。

「こいつもこいつだが、あの一ヶ瀬管理官も何考えてんのか、本当にわかんねぇよな」

「見た目ほど紳士じゃないっていうか、相当なやり手だよな。腹黒い男だ」

勝手なことを言う男達の言葉が引っかかり、怜は顔を上げた。

「…腹黒い？」

「おっと、いちいちつまんねぇこと、管理官にチクるんじゃねぇぞ」

指差して釘を刺す井波に、怜は口ごもる。

「言いはしないが…」

「なぁ、どういった風の吹き回しだ。最近、ちょっと雰囲気が違うな」

赤間は面白そうにニヤつきながら尋ねてくる。

「違う？」

「前は本当に棒立ちの人形みたいだったっていうか、感情のないロボットみたいでよ」

「ああ、やっと歳相応っていうか、そこそこ何考えてるかぐらいはわかるようになったっていうか。あ、わかんねぇかな。ただ、ロボットとは違うんだなって」

二人は好き放題を言うが、怜を含めて黒尽くめのメンバーが固まっていると、どうも周囲にあまり人が集まってこない。

「井波と赤間は嫌われているのか？」

何となく遠巻きにされているなと周囲を見ながら、怜は尋ねる。

「これだよ…」

はぁー、と井波は溜息をついた。

「やっぱ、宇宙人だぜ。わからないと思われてんのは、お前だよ」

何言ってんだと、赤間は声を立てて笑った。

怜がミッションコントロールセンターに出向くと、極東ロシア軍の情報特殊部隊のメンバーが機材を運び込んでいるところだった。

「プレの合同訓練だ。一応、向こうさんはブースの外で我々の動きを見る。日本側の特殊な動きに対し、どこまで向こうのやり方を擦り合わせることが出来るか検討するらしい」

光学迷彩のロングコートを肩に引っかけた槙が、少し離れたブース前で説明する。

「今のところ…」

槙は声をやや潜める。

「空間転移については、誰が能力者かは先方は知らない。こちらも説明していない。どうやら、俺がそうだと思われている可能性が高いようだ。役割分担や名前についても、今のところは伏せてある。それについて先方に明らかにするかどうかは、今後の一ヶ瀬管理官の判断しだいだそうだ」

「何で今になって合同訓練なんですかね？」

江口の疑問に、槇がわずかに肩をすくめてみせる。

「本来は向こうさんが着いて三日目には始まる予定だったらしいが、一ヶ瀬管理官が粘ってね。焦れた極東ロシアの外交圧力に負けた上層部の命令で、今日だそうだ」

「そりゃ、いつまでも始まらなきゃ、向こうさんも痺れを切らすってもんだろ。手ぶらで帰れないんだしなぁ」

井波の軽口に赤間が笑っている。宇野はあいかわらず、他人事のようにドライな表情を見せていた。

そんな井波の肩口を、おい、と江口が突いて、一ヶ瀬がブースから降りてくるのを顎で指した。槇をはじめとして、姿勢を崩していた井波や赤間も、一応背筋を伸ばして一列に並んでみせる。怜は列の一番最後、宇野の隣に並んだ。

極東ロシア軍でも機材の運び込みを終えたらしく、ボリゾフ以下、スーツ姿の男達が言葉を発することもなく、さっと一列に並んだ。

ただ、白衣をまとった丹沢だけが、列の後方にやや離れて立っている。

「我々のサイバースペースでの動きを直接に見たいという希望だったが…、長らくお待たせして申し訳ない」

一ヶ瀬のボリゾフに対する挨拶はロシア語だった。完全でないにしても、怜にも断片的にわかる。

「ところで、合同訓練に入る前に一つ」

一ヶ瀬はボリゾフらの後ろに立つ丹沢へと視線を向けた。

「ドクトル・クラスノフ…、いえ、日本名は丹沢斎大尉《たいい》。お久しぶりですね。どうして日本名を隠していらっしゃったんです？」

一ヶ瀬の指摘に、怜は思わず丹沢の顔を窺い見る。

しかし、丹沢はただでさえ薄く笑っているように見える口許を、さらに微笑みの形に作っただけだった。

「私はもうロシアで帰化して、クラスノフ家に養子として引き取られているので、軍には正式にクラスノフの名前で登録されていますよ。ファーストネームはルスランです」

「うまく日本行きのチームに潜り込んでいらしたものだ。偶然とは思えないな」

「別に作意はありません。たまたま私の所属するチームに、今回の日本特区行きの命令が下った、それだけです」

二人のやりとりに槇を含めた周囲の男達は黙り込んでいる。日本側の施設トップの一ヶ瀬と、ロシア特区の大尉クラスの男との冷ややかなやりとりは、経緯こそわからないものの、迂闊《うかつ》に口を挟めない雰囲気だった。

「それにしては、経歴をずいぶん隠していらっしゃるようだった」

「私が正直に申し上げれば、一ヶ瀬管理官の方がお困りになることの方が多いんじゃないですか？」

丹沢は冷ややかに言葉を返す。

「私について、ずいぶん色々ご存じのようだが、人の身のまわりをあれこれ嗅《か》ぎまわる趣味でもあるんですか？」

「怜の身に危機が及《およ》ぶとなればね」

そこで自分の名前が呼ばれることに驚き、怜は眉をひそめて丹沢を見ると、次いで一ヶ瀬へと視線を向けた。

「…危機？」

思わず洩らすと、一ヶ瀬は怜の方を見ないまま応える。

「怜、その男に何を吹き込まれたかは知らないが、その男は今回の極東ロシア軍の本来のチームリーダーだ」

「本来？」

とっさに意味が呑み込めず、怜はさらに丹沢へと視線を戻した。それにこの言い分では、一ヶ瀬は怜が丹沢と接触していたこと自体を知っているようだ。

「丹沢大尉、どうしてチームドクターなどと、立場を偽っているのかな？　どうしてボリゾフ氏がリーダーだと偽る必要があった？　ずいぶん、我々を欺《あざむ》いてくれたものだ」

「医師というのは、本当ですよ」

丹沢は悪びれた風もなく笑っている。

「情報特殊部隊付きの専門医官で、それに伴う極東ロシア特区での医師資格を有しています」

「その医官が、何のためにチームを指揮している？　しかも、大尉とはずいぶんな肩書きをお持ちだ」

ボリゾフの横で、誰か日本語に通じているらしきメンバーが、この状況について小さく耳打ちしている。ボリゾフは意図の見えぬ薄い表情のまま、ただ成り行きをじっと浅いブルーの瞳で見ていた。

「医官というよりは、専任研究員のようなものです。立場的には、あなたと同じですね」

「私はあなたのように、管理官としての立場を隠してはいない」

「リーダーというのは、常に狙われる立場にある。同盟国とはいえ、これまでサイバー部門においてはまったく合同訓練を行ったこともない他国に、ほぼ丸腰に近い状態で乗り込んできたんです。いわば影武者ともいえる人間を置いておくのは、多少の戦術のうちというものです」

「我々にその言い分を信じろとでも？」

「ならばあなたが、私に危害を加えないという保証はあるんですか？　かつての私に今は禁じられているリスキーな手術を行い、能力を奪ったあなたに？」

丹沢はぞっとするような目を、眼鏡越しに一ヶ瀬に向けた後、ニィッと笑った。

一ヶ瀬は何とも答えない。

「それにしても、実に見事に調べ上げましたね。さぞかし優秀な番犬なんでしょう。いったい、その番犬はただの忠誠心から働いているのか、どうか」

そう言って、丹沢は意味ありげな目を槇へと向けた。

「…槇？」

怜がいつも頼れる本来のリーダーというべき男を見ると、槇は苦々《にがにが》しげな表情を浮かべた。丹沢の揶揄通り、その背景を色々と怜にも知らせずに調べたのは槇らしい。忠誠心《ちゅうせいしん》云々《うんぬん》という意味はわからないが…。

「手練《てだ》れの工作員の一人、『水星《ミルクーリ》』が日本に入ったと、合衆国北部サイドからコンタクトがあったらしいが…」

一ヶ瀬が口を開いた。

「我々はしばらくの間、それがボリゾフ氏の事を指すのだと思っていたよ」

一ヶ瀬の言葉に、江口が驚いたように顔を上げる。

「合衆国北部側からですか？　日本の情報機関からではなく？」

「残念ながら、合衆国側からの通知だ」

　ボリゾフは薄い酷薄そうな色の瞳を、一ヶ瀬へと向けた。

「イチガセ管理官、最初の合意事項と違っている」

「違っている？　ここにやって来ているあなた方自体に、スパイ疑惑があるにもかかわらず？　執拗《しつよう》にうちの情報捜査員の一人に接触を図《はか》っている男が、本来のリーダーである立場を隠し続けているのに？」

　いつもよりもずいぶん激しい言葉でなじる一ヶ瀬にも、ボリゾフは特に動揺した様子も見せず、ドライな言葉を返す。

「ドクトル・クラスノフは、今の極東ロシア特区のサイバー研究の第一人者でもあります。妙な侮辱はやめていただきたい」

　丹沢はボリゾフに向かってわずかに肩をすくめると、一ヶ瀬に声をかけてくる。

「管理官のこの剣幕《けんまく》では、今日のところは訓練になりそうにない。後ほど、日を改めましょうか？」

「それまではゲスト棟を一歩も出ないでいただきたい」

　二人のやりとりに、怜はどちらからも突き放され、置き去りにされたような気持ちになった。

　そうでなくとも、丹沢が極東ロシア側の本来のリーダーであることを隠していたこと自体、頭から冷や水をかけられたような気分だった。いったいこれまで、自分は何を信じようと、懸命に過去の記憶を取り戻そうと足掻《あが》いてきたのか。

一瞬にして頭が真っ白になる。

あのブルーグレーの瞳の持ち主が、かつては怜を庇ってくれた男が、過去を出汁《だし》に自分に薬を控えるように言い、揺さぶったのだろうか。

気がつくと、丹沢を含めた極東ロシアチームはすでに部屋を出ていた。

最後の一人の背中が扉の向こうに消えるのを見届けた後、一ヶ瀬は呆然と立ちつくした怜の前へとやってきた。男は槇や他のメンバーに命じる。

「少し席を外してもらおうか。三十分ほど、休憩する。ロシアサイドの動きに注意してくれ。私は怜に話がある」

槇や井波らがどこか案ずるように振り返りながらも、ロシアチームに続き、出てゆく。

「『水星《ミルクーリ》』というコードネームと、自分の本来の立場を隠して君に近づく男。かなりいかがわしい存在じゃないかな？　過去を餌に、まるで旧知《きゅうち》の間柄のように振る舞う…」

怜…、と一ヶ瀬は怜の顎に手をかけ、上向かせてくる。

「怜、最近ずいぶん、色んな物事が認識できているようだね。少し前を思うと、信じられないぐらいの進歩だ。薬がよく効いているのかな？」

その指にギリ…ッとこもった力に、怜は思わず痛みから眉を寄せた。

「まんまと敵の術中《じゅっちゅう》にはまったね、怜」

丹沢に寄せていた信頼と、その他の言葉に出来ない甘く切ない気持ちが、今はただ行き場を無くし、惨めに胸の中で渦巻いている。くすんで、歪んで、今はこの気持ちが何なのか…、怜は訳もわからないまま視線を泳がせていた。

丹沢があのイツキだと信じたからこそ、自分は…。

呆然とする怜に、一ヶ瀬は哀《あわ》れむように言葉を続ける。

「極東ロシアは…、それこそ前のロシア時代から今の特区として独立するさらに前、ソビエトと呼ばれていた時代から、この手の工作が得意なんだ、怜」

「…工作？」

「そうだ、工作だ。知った人間とよく似た容姿を持つ相手を知人本人に仕立て上げ、言葉巧みに旧知を装って近づいてくる。いいように利用し、情報を引き出す」

「引き出す？」

怜は目の前の、子供時代からよく知る自分の庇護者を見上げた。

「そうだ、君が本当のチームリーダーであることを、極東ロシア側はすでに突き止め、君にターゲットを絞《しぼ》ってきたんだろう」

「…でも、…イツキは？」

自分と引き離され、この目の前の一ヶ瀬に極東ロシアへ追いやられたというイツキは…。

「確かに今のドクトル・クラスノフは丹沢斎を名乗っているね」

一ヶ瀬はわずかに怜を哀れむような目を見せる。

「名乗る?」

「私の知る丹沢斎はもう少し目の色が濃く、視力はよかった。普通、大人になるとああいったブルー系の淡い色は濃くなってゆくものだ。面差しも少し違っている。確かに空間把握能力とポインティングの能力はあったが、君とは違い、歳と共にその能力は衰《おとろ》えつつあった。そして彼は、自分から希望してロシアに向かった。今は彼の希望で、教師として生きているようだよ。教育に生きがいを見いだしたと…、そう聞いた」

嘘…、と怜は丹沢が自分に吹き込んだ言葉を懸命にかき集めようとする。

「何か薬を飲まなかった? あの男にもらった薬を」

つかんでいた怜の顎を離し、さっきまでとは逆にそっと怜の両頬を手の中に挟み込むようにして、一ヶ瀬は静かに尋ねてくる。

とっさに飲んでないと言おうとしたが、声は出なかった。頭の中にあったのは、丹沢にもらった睡眠導入剤だった。一度きりだ、一度きり。多分、記憶にあるのは…。

その記憶すら、怜にはおぼつかなく頼りにならない。いつも、ずっと記憶も感情らしい感情も稀薄だった。そのことに、疑問すら覚えたことがなかった。

あの人はお前をモルモット扱いする…、と苦々しく呟いた槇の言葉が蘇る。あれを言われたのは、いつのことだったのか…、と怜は心許《こころもと》なく厚みもない記憶を足掻《あが》くように探った。

「そのあたりで記憶を錯乱させているんだろう」

『セイレーン』の単語が、怜の頭をよぎる。サイバー空間の魔物が、魅惑的な声で呼びかけてくると…。

「怜、ずいぶん長く薬を飲んでいないね？」

一ヶ瀬は薬の載ったトレイと水の入ったグラスを持った係官を招《まね》いた。

「飲んで」

怜はぼんやりとその薬を見る。いつものように小さなオレンジの錠剤と、ライトブルーのカプセルがある。

誰か…、と怜は虚しく唇を開いた。

助けを求めようにも、今の怜にはもう、唯一の頼りだったイツキが何者で、どこに存在するのかすらわからない。

怜の手に直接グラスを持たせ、一ヶ瀬は辛抱強く繰り返した。

「怜、飲みなさい」

さらに促され、虚無感《きょむかん》にとらわれた怜は自分からその薬を口に入れることを選んだ。

誰かが自分を遠くから呼ぶような気がする…。

それすら何かの錯覚だったのか…。

「怜、口を開けて」

水と共に薬を飲み下した後、一ヶ瀬の指が半ば強引に口の中に割り入ってきて、口蓋、舌の裏側、歯列の奥とまさぐられる。

怜は目を伏せ、その指の動きに耐えた。

「ちゃんと飲んだね、いい子だ」

頭を抱き寄せられ、軽く背中をなだめるように撫でられる。

後悔か不安からか、頭の奥がぐらぐら揺れる。混乱から、今は何を考えればいいのかわからなかった。

いっそ、何も考えたくないような気さえする…。

「槙が扉の外で待っているだろう。しばらく自分の部屋で休憩をとってもいい」

低くソフトな声が、耳に心地よく響く。いつもの一ヶ瀬の声だ、あの安心する…、とその指示に頷き、歩き出したところでぐらりと目眩がした。

「少し、横になって休んだ方がいい」

短い声と共に、誰かの腕が崩れ落ちかけた怜の腕をつかんだ。

「勝手に薬を飲むのをやめていたなら、飲み始めはかなり強く作用してしまうはずだ」

支えてくれたのは一ヶ瀬らしい。いつのまにか冷や汗の出た怜の身体を、見た目よりもはるかにしっかりした腕が、脇から支えるようにしていくらか歩かせる。

IF
MELK
I.F

そして、怜の身体はリクライニングさせた椅子の上に横たえられた。

ああ…、と怜は目をおおった。

「怜、かわいそうに。ずいぶん混乱してしまっている…」

頭を撫で、いたわる一ヶ瀬の声が遠くなってゆく。

三章

I

合同訓練が打ち切られた翌日の午後、丹沢は独特の淡い青灰色《せいかいしょく》の瞳を窓の外へと向けていた。

丹沢の率いるメンバー達は、昨日と変わりなく日本特区内に入ってくる、あるいは日本特区経由でロシアサイドに入ってくる華北や華南のサイバー攻撃を、片っ端から潰《つぶ》している。

ただし、施設内でロシア側に利用が許可されたサイバー域は一気に一割にまで下げられた。これでは無数に流れ込んでくる華北や華南の攻撃を潰しきることは出来ない。

いつもはめざましい日本側の応戦も、昨日からはずいぶん鈍い。これはおそらく、怜のいる『昴』のメンバーが動いていないせいだろう。各地区のサブチームが動いているのだろうが、もう少し機能的に動かないと多勢に無勢で押し負ける、と丹沢はじわじわと赤くなってゆく画面上のハック地点を見下ろした。

『昴』があってこそ、日本はこれまでの攻勢を守り切れていたようなものだ。なまじ能力が高かっただけに、逆に日本側はそれに頼りすぎていたようなところがある。

それとも、テロ側も日本の『昴』の不在を知っていてもいるのか。流れ込んでくる情報数が数日前に比べて倍近くになっている。これでは餌に群がる蟻の群れのようだ。日本のサイバー防壁が無数の攻撃に食い尽くされてゆく。

「これは、宣戦布告なき開戦状態じゃないですか?」

同じ画面を見下ろすボリゾフが、丹沢を振り返る。

「前はもう少し攻撃も控えめでしたが、これじゃ国際的なルールも仁義も何もあったものじゃない」

「開戦状態…、そうだな」

まるで日本特区と極東ロシア特区との不調和を見越したような…、と丹沢は眼鏡の奥の目を眇めた。

それとも逆に、ロシア側から華北や華南といった大陸側に、何か情報が洩れてでもいるのか。

今の極東ロシアは日本寄りで、対華北、対華南の協調路線をとっているが、従来はどちらかというと大陸寄りだった。その影響を汲む派閥にとっては、いまだに考え方は大陸寄りだ。そんな連中にとっては、今回の日本とロシアの間に生じた亀裂は願ってもないものだろう。

すでに昨日の晩、丹沢らに対し、一ヶ瀬からは施設からの退去要請という名の慇懃無礼《いんぎんぶれい》な打診があった。

しかし、まだロシア側からは正式な退去命令は下っておらず、日本上層部との間で状況確認するまでの間の待機命令があっただけで、帰国ヘリの手配も行われていない。

怜…、と丹沢は昨日、みるみる驚愕《きょうがく》と絶望に塗りつぶされていった青年の顔を思う。

青ざめ、まだそれでもどこか信じられないような瞳でこちらを見ていた。

再会した時に比べればはるかにはっきりした表情が、丹沢や一ヶ瀬への不信の念と混乱、怯えに染まっていたのを、丹沢は複雑な気持ちで思い返す。

あんな表情をさせたいわけではない。

記憶という、生きる上での根幹《こんかん》ともなる証《あかし》が操作されてきた以上、怜も何を信じていいのかわからないのだろう。出来ることなら今すぐにでもそばに行ってやりたいが、昨日からは怜の部屋の端末が起動する気配もない。そもそも、怜自身が心を完全に閉ざしてしまったように、呼びかけに何ら呼応する気配がなかった。

そう思っていると、いきなりある一箇所の地点から日本側の凄まじいまでの攻撃が始まった。端《はた》から見ていると、まるで空間をねじ曲げてでもいるようだ。ハックされた赤い地点がみるみる色を失い、正常域に戻ってゆく。

「動き始めましたね」

「ああ…、『昴』だな」

ボリゾフが呟くのに、丹沢も頷いた。

「掩護《えんご》しろ」

丹沢の指示で、部下が『昴』を中心に周囲を守り固める。

それからほぼ一時間と少しで破られたサイバー防壁が設置し直され、そこにさらに攻撃を防ぐ逆トラップが設置され…という様子が、手に取るようにわかった。

その時、ふいに、ドーーンッ…と、すぐ近くでかなりの爆発音が響いた。衝撃と共に床が揺れる。丹沢を含め、室内にいるメンバーはとっさに皆、身を伏せて次の衝撃に備《そな》える。

続いて少し離れたところから、二回目の爆発音が起こった。次は一度目よりも、やや爆発が小さい。

机の陰から爆発の方向――おそらくゲスト棟からはやや離れた南東側へと視線を振り向け、周囲の気配を探る丹沢の横でボリゾフが呟く。

「…何だ?」

「事故か、さもなければ…」

ボリゾフと顔を見合わせたところで、ウーーーッ、ウーーーッ、ウーーーッ…、というサイレンがいたるところでけたたましく鳴りはじめた。

ドア近くの隊員がドアを開け、廊下に顔を出すのと同時に、サイレン音とは異なるビー、ビーッ、という警告音と共に、窓の外の防弾シャッターがゴーッとかなりの速さで下りてゆく。ボリゾフは窓の側に駆けより、シャッターが閉まる前に素早く外に目を走らせた。

「施設南東方向に黒煙」

ボリゾフの目視確認に丹沢は応じる。

「メイン画面、施設内部に切り替えろ」

丹沢の命令と同時に探査画面に両手を置いて、サイバースペース内で作業していたメンバーのうちの一人が素早く反応し、一番大きなモニターを施設内図に切り替えた。

施設の平面図と立面図が次々にスキャニングされて、サイレンの発信源ともなっている箇所を特定してゆく。

「食堂の奥、厨房付近での爆発のようです。ミッションコントロールセンター付近の隔離防弾扉が下ろされました」

普通の防火扉よりもはるかに頑強な隔離防弾壁が下ろされた箇所が、赤く画面上で点滅している。施設の中核となる部分を守る形で、周囲から分断するように扉が下りていた。

「ただのガス爆発や火事じゃない。テロか?」

目を眇《すが》める丹沢に、ボリゾフが日本側の情報にリンクするように命じる。

メンバーの操作により、いくつかの映像や図面が素早く淘汰《とうた》される。そのあと、おそらく爆発付近のものだと思われる監視カメラが、アラーム発生一分前に遡《さかのぼ》って捉えていた映像が大型モニターの四分の一に映し出される。

画面上には丹沢の予想通り、厨房の搬入口につけた二台の冷蔵車後部から、迷彩服に身を包み、重火器を手にした男達がおよそ三十人近く降りてくる。その統制《とうせい》の取れた動きで、専門的な軍事訓練を受けた相手だとわかった。

男達が厨房内に入っていった十数秒後、監視カメラの映像がブラックアウトしたのは爆発によって回線が切れたせいだろう。

「…どこかの専門部隊ですね」

考えたことは丹沢と同じらしく、ボリゾフが低く呟いた。

続いて映った厨房内の映像では、迷彩服の男達が手にした機関銃で調理スタッフを無造作に撃っていた。血と共に食材が飛び散り、次々に人が倒れてゆく。男達が厨房を駆け抜けて数秒後、やはり映像は途切れた。

ほどなく部下の一人が日本側内部のやりとりにリンクしたらしい。慌ただしく切羽詰まった会話が飛び込んでくる。

「第五ブロック応戦中です！　負傷者多数！」

「第三ブロック、爆破による死者多数！　警備部の応援を要請！」

侵入経路から見て、この正体不明の武装兵の狙いは、やはり施設の中核をなすミッションコントロールセンターだと、丹沢は目を眇める。

「…まずいな」

丹沢は呟く。

「『白雪姫《ベラスネーシュカ》とドワーフ達《カルリック》』がまだ戻ってない…」

眉を寄せたボリゾフと目が合う。危惧するところは同じらしい。

「おそらく、メンバーはサイバー空間からはすぐには戻れないはずだ。現実世界に戻っていない状態で下手に拘束されると、そのまま戻ってこられなくなるぞ」

「今日の一方的なサイバー攻撃といい、むしろ、狙いはそれですか？」

「ああ、…だろうな」

ボリゾフに頷き、丹沢は立ち上がった。

「全員起立！」

丹沢の声に即座にメンバー全員が立ち上がる。

「メンバー全員、戦闘服着用。日本側の『昴《プレイヤードウィ》』メンバーの保護、及び奪還《だつかん》にあたる」

隣の機材室への扉が開かれ、メンバーらがざっと用意に向かう。

いつでも、もしもの時のために、荷物に紛れて持ち込まれていた特殊部隊用の戦闘服が、取り出せるように荷物を装って巧妙《こうみょう》に置かれていた。

「一ヶ瀬管理官に、『昴』のメンバー保護と奪還にあたると、緊急回線を使って連絡しろ」

連絡員に命じて手早く白衣を脱いだ丹沢に、同じように素早く襟許のネクタイを抜きながらボリゾフが尋ねる。

「『白雪姫』を奪還しても、今回のテロや拉致《らち》そのものが我々の狂言扱いされたりしませんか？」

「もとより、一ヶ瀬《あの男》はロシア側《こちら》が動かなくとも、責任をこっちに押しつけるだろう。そういう男だ。任務コード三《トウリー》に従って動け」

「了解《ダース》」

　任務に忠実な男が答えるのに頷くと、連絡員が声を上げた。

「イチガセ管理官より通信です」

「つなげ」

　丹沢の声に応じ、正面の大画面にはただならぬ形相の一ヶ瀬が映った。

『勝手な真似はしないでもらいたい！』

「勝手な真似とは何です、管理官？」

　強化繊維を編み込んだグローブに手を入れながら、丹沢は静かに応じる。

『よけいな真似は不要だと言っている。すでにこちらは軍に救出部隊の出動を要請した。ここで君達が勝手に出れば、直ちにそれは極東ロシア軍の軍事行為とみなす』

　丹沢は笑った。

「どうぞ、ご自由に。軍事行為だとみなされたところで、我々はいっこうに困りません。

同盟関係にある日本特区の特殊施設を、現場の判断で救出したと報道官が発表する程度でしょう。痛くも痒くもない」

『尻尾を出したな。どうしてただの情報特殊部が、そんな戦闘服を持ってきている？』

「お調べになったようなので、すでにご存じかもしれませんが、我々は情報特殊部遊撃班です、管理官。状況によっては軍事攻撃も行うのが、我々のチームです。今、我々はこの施設内唯一の、テロリストの鎮圧が可能な組織です。同盟関係にある貴国のメンバーを、テロリストから守るのも任務であると考えます」

丹沢は視線をずらし、一ヶ瀬の発信位置を確認する。

「管理官、そちらはミッションコントロールセンター内ではないようですが」

『別棟だ』

今日の華南や華北からの過剰なまでの攻撃について、何か打ち合わせにでも出ていたのか。

『丹沢大尉、君の上司に引き上げ要請を出しているところだ。君が勝手に事を起こせば、国家間の重要問題となるぞ』

「けっこうですよ。今回に限り、私はこの日本国内での情報特殊部隊の動きについて、全権限を与えられていますがね」

一瞬、一ヶ瀬は怖ろしく冷ややかな顔で丹沢を眺めたあと、口を開いた。

『「水星《ミルクーリ》」だったか？　…君はそういう危険のある男だと思っていた。昔からね』

「だからあなたは、私に倫理上非常に問題のある手術を施し、この国へと送った。常識的に考えて、どちらが人間として問題があるんでしょうね？」

『そんな何も根拠のない侮辱を受けるのは心外だ』

いっこうに動じた様子のない鉄面皮な男を丹沢は眼鏡越しに睨みつけたが、一ヶ瀬はなおも言葉を続けた。

『丹沢大尉、この施設についての情報を、ロシアサイドが華北や華南に流したと見られる形跡《けいせき》がある』

丹沢は唇の両端を吊り上げてみせる。確かにそれぐらいの真似はやりかねない。

丹沢が過去に強制的にこの男によって送られ、今も所属している国は、それぐらいのしたたかさをもった国だ。長い過去の歴史上、自分以外の誰も信用してはならないと考える人間が国の中核をなしている。

「その件については確認していませんが、今、侵入してきているのは華北か華南の人間ということですか？」

『君が一番、よく知っているんじゃないのか？』

「確認を取ります。我々の『昴』のメンバー保護と奪還にご理解いただきたい」

『許可しかねる。故意に同盟国との機密を漏らした国を、どうして信用できる？』

「信用できないというのはあなたの勝手です、ご自由にどうぞ。それよりも、貴国の大事な情報員を失うことを危惧された方がいい。このままだと、全員、サイバー空間から戻れなくなる」

丹沢は眉を寄せる。

丹沢に『セイレーン』なのかと尋ねてきた怜は、いったい何に怯えていたのだろう。サイバー空間の深淵から戻ってこられなくなることか、それとも…。

黙る一ヶ瀬に、丹沢はたたみかけた。

「『昴』のメンバー保護と奪還にご理解いただきたい。必ず取り返します」

一ヶ瀬は表情の読めない顔で沈黙した後、しばらくしてから頷いた。

『承知した』

サイバー域に入った怜達『昴』のメンバーは、ほぼ侵略に近かった凄まじい数の華北からの、一部、華南からのサイバー攻撃を食い止め、巻き返し、壊されたサイバー防壁を設置し直した。書き換えられたデータ、攻撃核となるポイントなどを、怜以外のメンバーが手分けして焼き変えてゆく。

今日ほど、電子座標に従ってあちらこちらと転移を繰り返したことはないかもしれない。

分析と探査を担当する宇野の反応が、少し鈍くなってきている。元から口数は多くない男だが、今日はかなり疲弊しているようだった。

途中まであったロシアの情報特殊部の有力な掩護も、なくなっているらしい。

こっちが形勢を巻き返したせいじゃないか、本当に必要以上仕事はしねぇ連中だ…、などと江口と赤間がやりとりしていたのを怜は遠く聞いた。

『怜、大丈夫か？』

インカムから気遣わしげに聞こえる槙の声は、さっきの二人の会話よりは少し明瞭だった。怜はしばらくの後、抑揚を欠いた声で答える。

『…ああ』

それにふっと笑って舌打ちしたのは、井波だった。

『使えねーな。ここんとこしばらくは、コマシになっていたのによ。今日みたいなとんでもねぇ日に限って、前みたいな木偶《でく》の坊《ぼう》に戻っちまうとはよ』

『井波』

たしなめたのは槙の声だが、怜は井波の言葉を深く受けとめたわけではなかった。

ただ、男達の声が怜の意識を上滑りしてゆく。

『俺も覚醒してたっぽい時の、こいつの方が好きだったな』

『ああ。今はまた、壊れたロボットみたいになりやがって、薄気味悪いって言うか』

舌打ち混じりの井波の声が尖っているのは、井波も疲れているせいだと槇が言っているが、それが誰に対しての言葉なのかはわからない。

怜はどうでもいいやりとりを薄い表情のままで無視し、コートのポケットに片手を突っ込んだまま、うつむきがちに突っ立っていた。

レーザーランチャーも片手にだらりと下げたままで、今日は一度も使っていない。怜が動かずとも、槇がメインとなって怜を守っているので、使う必要がなかった。

『もともと怜は、ここへ俺達を連れてくるだけで凄まじいエネルギーを使ってるんだ』

槇の声に応じているのは、多分、江口だ。

『それって結局、命を削《けず》ってるってことじゃないんですか?』

江口だと思ったが、自信がない。そのあとに応えた槇の声もうまく捕らえられない。

『今日はさすがに…、そのうち死ぬんじゃ…』

インカムにノイズが乗り、誰かの言葉がかき消えた。

どうしてノイズが…、怜はのろのろと顔を上げ、反応の鈍い視線を巡らせた。

ふいに空間にざっと歪みが生じ、かたわらを流れてゆく数字の群れがぐにゃりと大きく凹んだように見えた。

『何だ?』

井波が声を上げ、赤間も歪んだ空間を眺める。

『装置の出力が下がってる、座標が……！』

『装置の故障か⁉』

至急引き上げを示唆する警告音がひっきりなしに鳴り始める。

『怜、戻れ！』

槇の声を聞くまでもなく、怜はざっと目の前にフロート状に白く浮かぶ電子座標を目で追った。何度も転移を繰り返した疲れなのか、その電子座標がすぐには把握できない。

疲れた…。

普段、ほとんど浮かぶことのない感覚が頭をよぎった。

疲れた…、と怜は薄く唇を開けた。

それでも何とか、槇、江口、井波、赤間、宇野と周囲のメンバーを取りこぼさないように感覚でとらえ、電子座標の示した場所——ミッションコントロールセンターの主要サーバへと意識を絞ろうとする。

しかし、ポッドへ戻るはずが、いつものようにうまく捉えられない。他からは存在位置がすぐには把握できないように、二重、三重にダミーとカムフラージュを施してあるのが、今は裏目に出ているのか。

調子が悪い…、そんな感覚も頭をよぎった。

『フォローを…』

怜の呟きに、井波がはぁ、と声を上げる。

『こいつ、ぶっ壊れてんじゃねぇだろうな！』

その後に続いた井波の罵声とコントロールセンターの応答、いつも通りの宇野の簡潔な指示などが重なって聞こえ、うまく処理できない。

『…フォローを』

怜はそれを誰に向かって呟いているのかわからないまま、繰り返した。

いつも決まって浮かぶ一ヶ瀬の穏やかな笑顔が、うまく像を結ばない。

現実世界へと帰りたいと思う根拠《こんきょ》となっていたはずの笑顔はぼやけ、怜はわずかに眉を寄せた。

自分が今、ここにいるだけの根拠を見失う。まるで足許の砂が崩れるように意識がすうっと下へ沈みはじめる。

沈みかけた意識の中で溺れるように足掻いた怜の脳裏に、代わりにブルーグレーの瞳の少年の笑顔が浮かぶ。以前、いつもそうしていたように怜の方へと手が差し伸べられる。

ああ…、と怜は小さく笑った。

よく馴染んだ顔に安堵した。

怜はただ、その手を取りさえすればいい。

『イツキ…』

呼びかけると身体がふっと浮遊する感覚があった。

それに合わせ、怜は周囲の五人の仲間の位置を捕捉《ほそく》する。捕捉してしまえば、浮遊する感覚に合わせて意識を縒《よ》り合わせるようにして、目標地点に向かって一気に引き上げてゆく。

怜が意識を収束させるのがわかったのか、メンバーも黙って怜の帰還に従ってきた。

いつもほどのスピードはないが…、と思った怜の前に、丹沢という男の顔が明確に見える。少年の頃のものではなく、この間から怜の前に姿を見せた丹沢斎と名乗る男の顔だ。淡いブルーグレーの瞳を持っている。

その顔がどこか驚いたようにこちらに身を乗り出す様子が、目の前に像となって浮かぶ。

強い力で腕を引かれた気がした。

それにより、急速にスピードが増す。現実世界がねじれて重なる中、メンバーが一気にポッド内めがけて意識を飛び込ませてゆく。

怜のポッドも光の点となって見えているが…。

そこへいつものように飛び込む前に、怜の意識はまた揺れた。

疲れた…、怜はまた胸の内で呟いた。

誰かが遠くから呼ぶような気がした。

ふと下を見ると、数字の流れの中に一箇所、深い闇が見えた。まるで何かのスポットのような暗い深淵。

怜はしばらくその深淵をじっと見ると、ふいに身体を躍らせた。

凄まじい勢いで落下してゆく身体の横で、コートの裾がまくれ上がった。


ロビー制圧完了、とのボリゾフのハンドサインを丹沢はバイザー越しに確認し、了解とのサインを返す。

続けて、ボリゾノのチームの進行方向を指し示し、指示通りに進めるように揃えた指を動かして見せると、ボリゾフと部下達は物陰から進行方向を窺った後、音もなく動いてゆく。淀みのない、確実な動きだ。

丹沢は続いて自分の後ろに控える部下に合図を送り、予定通り続行…とミッションコントロールセンターの方向を指し示す。

先頭を務める者が頷き、センターへの廊下を様子を窺いながら進んでゆく。

丹沢の部隊は丹沢率いるチームと、ボリゾフ率いるチームの二つに分かれて動いていた。

ここに来るまでに倒したテロリスト達は今のところ、身許を特定する物を身につけていない。しかし、インカムや自動拳銃などの装備の一部が華北で流通しているものだった。

おそらく、日本特区内で不法移民を装《よそお》って潜伏していた工作員だろう。

一ヶ瀬が極東ロシアサイドが華北にこの施設の情報を流したと責めていたが、それに関してはは間違いではないのかもしれない。この施設の情報を得て、『昴』の誘拐を狙ったのか、それとも殺害を狙ったのか。

特殊部隊用の目出し帽を着用した丹沢は、ヘルメットの下、バイザー裏に情報として流れ込んでくる建物内部の平面図、立体図を巧みに読み取りながら、センターまでの距離を測る。

建物内に侵入してきたテロリストはあらかた倒したと思うが、まだ確実ではない。人の熱反応、生体反応などのデータを見ながら、着実に残りを仕留めなければならない。

慎重に、しかし着実にセンターの隔離壁の前まで進んでくると、いきなり廊下の照明が落ちた。

バイザーを赤外線モードに切り替えるが、視界はやはり悪くなる。

故意に電源を落とされたのか、それともショート、あるいは断線したのか、廊下は非常灯の明かりだけとなった。

ここだけの停電か、それとも施設全体の停電なのかはわからないが、おそらくセンター内部の最重要設備に関しては、しばらくの間は発電機で動いているだろう。

状況確認のために、丹沢が通信員の持つ簡易座標を用いて稼働中の施設情報にリンクした時、ふいに怜の声が聞こえたような気がした。

丹沢は短機関銃を手にしたまま、意識を施設情報のさらに下へと沈める。

『フォローを…』

抑揚のない声だった。

だが、子供の頃の怜が丹沢に訓練中に使ったコールでもある。

部下が隔離壁にアクセスし、そのコードを解いてゆく様子に目を配りながら、丹沢はなおも機械を操作して声の方向性を探ったが、すぐにはわからない。

その間も着々と隔離壁のコードが解かれてゆき、ピー…、という短い電子音のあと、隔離壁のロックが外れる重い音が響いた。短機関銃を抱えたメンバーが周囲に目を配る中、二人の隊員がジャッキを用いて物理的に扉をこじ開けてゆく。

隔離壁の一部を人が一人くぐれるほどに拡げると、その場に見張りの二名を残し、さらにその奥のセンターの扉の内側に身を滑り込ませて、丹沢はブースへと向かった。

やはり内部は、非常電源で稼働しているようだった。ただ、非常用にかなり光源や稼働対象は絞られているらしく、照明もシステムもこの間の半分程度しか明かりが確認できない。

一ヶ瀬からロシアチームが救出に向かうと指示があったせいか、丹沢と部下の姿に、中にいた六名の職員がほっとするような様子を見せる。

「『昴』の状況は？」

バイザーを上げ、丹沢は尋ねる。

「電源が落ちたために、システムが一部ダウンしてしまいましたが、今、帰還中です。…スピードの遅いのが、かなり気になりますが」

丹沢は職員の横に行き、怜らの位置を示す座標の数値に目を走らせる。

「『昴』のいる位置と、画面上の座標位置とが、ぶれてる」

「…え」

職員が慌てた様子で『昴』の実際の座標数値を計測し直すのを待たずに、グローブを外した丹沢は画面に手をあて、半ば以上は勘で数値を手動入力してゆく。

フォローを…、と呟いた怜の声が耳に残っている。

よほどのことがない限り、怜はあのサインを出したことがなかった。

焦燥から額に汗が浮かんだが、ゆらぐ怜の気配を頼りに数値を入力し直すと、電子音と共にスケールが合う。そして、ゆっくりと『昴』の位置上昇が始まった。

丹沢は安堵の息を吐き、ガラス越し、五つほど並んだ電子ポッド——装置の中の人間の意識を数値化して取り出し、サイバー域に送り込む日本の誇る科学の最先端ともいえる装置を見下ろした。

『昴』の現実世界への帰還は始まっている。

あとはボリゾフのチームがどこまでうまくやるか…、そう思った瞬間、ビーッ、ビーッ…っと短い警告音が鳴り、ポッドの一つで赤い回転灯が明滅《めいめつ》する。

「どうした?」

職員を振り返ると、画面を眺めていた職員は真っ青になる。

「矢方怜が…!」

他のポッドにはメンバーを示す赤いゲージが入り、正常化した数値が並んでゆく中、一つ、空のままのポッドがある。

赤い点が一つ、急速に落下してゆくのが座標上に見える。

「…!」

丹沢は息を呑み、画面の上に手を置き、落ちてゆく怜を捕らえようとしたが、落下スピードが速すぎて、画面上では対処できない。

丹沢は職員を振り返った。

「私をあのポッドの中へ」

「しかし、部外者は…。訓練も受けていないし、矢方なしでサイバー空間を動くのは、まだ誰も…」

止める職員を、丹沢は防弾ヘルメットとその下の目出し帽を外しながら見た。

「…訓練は受けていた」

「いや、しかし、日本と極東ロシアでは訓練内容も違う」

首を横に振る相手に、丹沢は急げと促した。

「一ヶ瀬管理官なら知っているはずだ。十七年前、怜と組んで動いていたのは、私だ。許可を出さないと、怜を失うぞと伝えろ」

言い置いて階下へと下り、ポッドに向かった丹沢は、ちょうど中から出てきたドレッドヘアの男を押しやり、中へと入る。

ドレッドヘアは驚いた顔を見せ、丹沢が入った扉を外からいくらか叩いた。

そんな男に向かって、ブースの上から職員が声をかけている様子が見える。

コックピットにも似た基本的な作りは昔とさほど変わっていないと、無言でポッド内の装置を起動させてゆく丹沢に、ブースからさっきの職員がマイク越しに声をかけてきた。

『管理官の承諾が降りました。急いでください、矢方が危険域に近づいている』

『了解』

丹沢は座標上を落ちてゆく怜の意識に、目標をセットする。

『一応、説明しておきますが、急速なサイバー空間への侵入は、その分危険が大きくなります。場合によっては、意識の…』

『知っている』

言いかける職員の声を丹沢は短く遮った。

そして、進入スピードを限界ぎりぎりの数値に設定する。それでも怜に追いつけるかどうかというところだが、丹沢は怜相手だけに使える自分の能力——今は理論上でしか説明されていない『跳躍』の力にかけていた。

丹沢がシートに背を沈めると、派手な装置の起動音と共に、意識がサイバー空間に投げ込まれてゆく。昔、怜と共にいた時に見た、数字の羅列やオーロラの光にも似たサイバー障壁を横目に、丹沢は深く沈んでゆく怜に意識を凝らした。

職員の予告通り、凄まじい負荷が身体にかかる。専門的な軍事訓練を受けている丹沢ですら、歯を食いしばらなければ耐えられないほどの強烈な負荷を身体に感じたあと、ふわっと身体が軽くなる。

——怜。

闇の中、胸の内で呼びかけると、誘うような波動が返った。

——怜、どこへ行くの？

応じるのは、子供の頃の怜の忍び笑いのような感覚だ。笑ったわけではないが、丹沢をよく知り、当然のようにかたわらにあると思っている感覚、じゃれているような感覚に近い。

——怜、帰ろう。そっちはだめだ。

応えの返る方向へと、丹沢は意識を凝らす。まるで腕を伸ばすように…。

闇が飛んで、薄青い、まるで深い海の底のようなサイバー域で、丹沢はすぐ目の前に漂うように身を丸めた怜の姿を見つけた。

おそらく、一息に怜のいる深層域にまで跳んだのだ。

——怜。

まるで考えることを拒むように身体を丸めた怜の身体を抱き寄せると、怜は眠る子供のように目を閉ざしていた。

——怜、疲れてるの？

ささやいて触れてみても、水中を漂うような青白い怜の顔は反応しない。

——ごめん、待たせすぎたんだね…。

おそらく、再度薬を服用させられただろう怜の身体を腕に抱き、丹沢は意識を上へと向けた。

上を仰ぐと、大量の数字の流れが上の方を流れてゆく。サイバー障壁の揺れは時折ちらちらと光る。

こんな特殊すぎる能力を持たず、二人、子供の頃のようにじゃれ合っていられたら、どれだけ幸せだったか…、と丹沢は力を失った怜のこめかみに口づけた。

それとも、能力開発のための施設で出会った時点で、すでに二人共、普通ではない運命を負っていたのだろうか。

——怜、ここから出してあげようね。

ゆるやかに上昇しながら、丹沢は怜の髪を撫でた。

丹沢には侵入してきたミッションサーバの位置は捕捉できるが、怜のように自由自在にサイバー域を移動できる能力はない。

――とりあえず、あそこまで戻ろうか。

丹沢の送る思念に応えたように、目を閉ざしたままの怜を抱いた身体がふっと軽くなる。眠っているようでも、丹沢の呼びかけには何らかの反応を見せているのがわかる。

――もっと、自由に生きられる場所へ…。

上昇スピードを増した丹沢は、愛しい身体を抱いた。

――君も私も…。


ポッドに飛び込むと共に、ドンッ、という衝撃がある。

警告アラームがけたたましく明滅する中、丹沢は隣のポッドにいる怜の意識を探った。

間違いない、戻ってる…。

丹沢が安全装置を外し、ポッドの扉に手をかけたところ、外からその扉が開けられた。

銃を手に、戦闘服で扉の向こうに立った男は、丹沢を見てバイザー越しに小さく敬礼を見せた。目出し帽から覗く淡いブルーの瞳は、ボリゾフのものだ。着実に任務をやり遂げるこの男は、丹沢の信頼を裏切ることなく、無事に作戦を終えたらしい。

丹沢はポッド内から身を起こし、隣の怜のポッドの扉を解錠する。

「怜…」

しかし、呼びかけてみても、怜はまだ目を閉ざしたままだった。

丹沢はモニターで意識レベルを確認したが、正常値だった。意識も無事、サイバー空間から戻ってきている。

「怜…」

丹沢はシートに力なく身を埋めた青年の肩を軽く揺さぶってみたが、反応はない。

「怜…」

丹沢は手の甲でそっと青年の頬に触れ、その温もりを確かめて小さく安堵の息をつく。温かな怜の呼気が指をかすめ、それにも少し安堵した。

眠っているのか、まだ半ば、心を閉ざしているのか…。

それでも命にも意識にも別状がないだけいいと、丹沢は怜の身体につけられた安全装置を外し、その身体を抱き上げた。

丹沢がポッドから怜の身体を横抱きにして出ると、ボリゾフの指揮のもと、極東ロシア軍特殊部隊に銃を突きつけられる形で、一ヶ瀬ら職員が集められていた。

「ずいぶん、好き放題してくれたものだね」

いつものように白衣姿の一ヶ瀬は、不快そうに口を開いた。

「これは全部、君達が企《たくら》んだことか？」

「企む？」

「テロリスト達と通じて、この施設の乗っ取りを謀《はか》る」

残念ながら…、と丹沢はかたわらの椅子の上にまだ意識のない怜を座らせると、口を開いた。

「残念ながら、今回のテロ行為については、我々の部隊の関知するところではありません。ボリゾフ、鎮圧成果は？」

「アジア系の所属不明の男の遺体が十三体、重傷者三名」

ボリゾフの答えに、丹沢は一ヶ瀬に冷ややかな目を向ける。

「すべて、そちら側にお引き渡ししましょう。好きにされるといい」

「遺体だけ引き渡されてもね。死人に口無しだ」

どうだか…、と一ヶ瀬は唇の端を歪めると、怜に目を向けた。

「怜に何をした？」

「深層域に沈もうとしたのを引き上げました」

「深層域に…？」

一ヶ瀬は眉をひそめ、怜のかたわらへと寄った。

「おいっ」

一ヶ瀬に銃を突きつけていた部下が制止しようとするのを、丹沢は目で制した。

ボリゾフが丹沢に手のひらに載るほどの小さなデータファイルを手渡してくる。

「無事にデータは引き上げられたのか？」

「おっしゃるとおり、メインシステムのイチガセ氏にまつわる過去の研究データから、手術についての詳細な記録を拾い出しました。大尉についてのデータも含まれているようです」

丹沢はそれを受け取ると、怜を見下ろす男へと乾いた目を向けた。

「怜から離れていただけますか、一ヶ瀬管理官」

「なぜ？　怜は私の一番大事な研究成果だよ」

「薬漬けにして、意思を奪い、感情を奪い、記憶を奪って…ですか？」

一ヶ瀬は小さく笑った。

「いったい、どんな証拠があって？」

「証拠…、この施設の重要な研究成果に携わっている人間なら、皆、知っていることじゃないんですか？」

丹沢はかたわらの端末に、ボリゾフから手渡されたデータファイルをセットする。

「怜に長期間、用いられていた薬も、十七年前、怜に施《ほどこ》された違法な記憶操作も、私に施された能力制限の手術も」

丹沢の言葉に伴い、手術の詳細な記録が部屋のセンタースクリーンに大きく映し出される。

「私に施されたこの手術は危険性が高く、また、倫理《りんり》上の観点もあって、当時も禁止されていたはずのものです」

「大義《たいぎ》のためには仕方がない。怜はこの国にわずか七人しかいない、第一種指定能力者の一人だよ」

一ヶ瀬は何の感情もこもらない声音で言い放つ。

「大義？　あなたの地位を固めるための？　この記録を元に告発されれば、あなたの立場は一転して重犯罪人となるほどの罪を犯して？　怜は今、重度の薬物中毒の状態にある。この状態を見れば、誰でもあなたが犯した罪を知るでしょう」

丹沢は目を通したファイルの内容を、政府機関の他、報道機関に一気に送信する。

やにわに一ヶ瀬は懐《ふところ》から銃を取りだし、怜に向かって引き金を引こうとした。

その安全装置が外される前に、丹沢が腰につけていた銃とボリゾフの構えた自動機関銃とが同時に火を噴《ふ》いた。

「…っ！」

赤く血の迸《ほとばし》る腕を押さえ、うずくまる男に丹沢は冷たい声を向けた。

「自分の都合で手にかけられる大義、…あなたの大義とは何だったんですか？」

テロリスト鎮圧《ちんあつ》済みの報告と共に丹沢が一斉送信したファイルのせいで、日本政府側はかなりのパニック状態だった。次々とコールが鳴り続けている。それを横目に、丹沢は応急手当の手配や部下への指示を着々と与えていった。その中には、本国への任務完了の連絡もあった。

一ヶ瀬に関しては、応急手当の後、逃亡とよけいな手出しを阻《はば》む為に、自殺阻止の名目で鎮静剤を使った。むろん、一ヶ瀬は抗《あらが》ったが、丹沢には男を許すつもりはさらさらなかった。

鎮静剤の入った注射器を手に、一ヶ瀬のシャツの袖を白衣ごとまくり上げると、男は苦々しく呟いた。

「十七年前、極東ロシアに送るなどと言わず、事故を装《よそお》って処分してしまえばよかったよ」

透明な液体を静脈に注射しながら、丹沢はそれを鼻で笑ってやる。

「私はあなたを処分はしない。そうしてやりたいのは山々だが…、その代わり、社会的制裁は受けてもらう。この国で、これからの人生をずっと、重罪人として生きるがいい」

忌々《いまいま》しげな目を丹沢に向けながらも、一ヶ瀬は徐々に意識を失ってゆく。しかし、注射器を置いた丹沢は、もう男を振り返らなかった。

「大尉、日本特殊部隊のヘリが降下中です」

部下の報告に、丹沢は意識の戻らない怜をストレッチャーに抱き上げて乗せる。

「待て！」

叫んだのは槇だった。ボリゾフらの手によって、『昴』の他のメンバーもろとも、後ろ手に拘束されている。

「怜をどこへ連れていくつもりだ？」

ここでは愚直なまでに怜の庇護者であったらしい男に、丹沢は笑う。その愚直さが、丹沢にとってはある意味救いだった。

「危害は加えない。これまで、怜を保護してくれていたことには感謝する」

「信用できるものかっ⁉」

歯噛みする男に、丹沢は薄く笑った。

「するもしないも勝手だ」

ほどなく、一ヶ瀬が要請《ようせい》していた日本特区の救出部隊が二機のヘリで降りてくる。丹沢はそれを十人ほどのチームと共に、ヘリポートで迎えた。

極東ロシア式の敬礼を持ってそれを迎えた丹沢と部下らに、着地したヘリの隊員もかなり警戒した表情ながら、日本式の敬礼で答えた。

「テロリスト達はすでに制圧済みと聞いたが、管理官は？」

たどたどしいロシア語で尋ねた隊員に、丹沢は日本語で答える。

「内部でかなりごたついていらっしゃるようで…。とりあえず、助かりそうな者に関しては応急手当をしているが、意識のない重篤《じゅうとく》患者の緊急搬送を頼みたい。受け入れ病院などは、今、内部の医療班や地元救急隊などで探しているようだが、我々には詳しいことはわからない」

二人のやりとりの間にも、極東ロシア側の大型輸送ヘリが降下してくる。

とっさにヘリと丹沢を見比べた相手に、丹沢はもう一度敬礼を見せた。

「我々はこれで失礼する」

「しかし、まだ…」

「一ヶ瀬管理官からは昨晩より、我々に対して退去要請が出ていた。制圧も終わった以上、ここにいる意味がない」

着陸したロシア側のヘリに、丹沢の合図でボリゾフ以下のメンバーが、まとめ終えてあった機材を手早くヘリに積みこんでゆく。その中にはストレッチャーに乗せられた怜も、巧《たく》みにカムフラージュされて運び込まれていた。

その時、施設や基地などと慌ただしくやりとりしていた隊長らしき男が、丹沢に向かって叫んだ。

「待て！　一ヶ瀬管理官を撃ったのは貴官か？」

「そうだ。そちらの第一種指定能力者を撃とうとしたからね」

「だが、わが国の第一種指定能力者を、君達が連れ出したという話じゃないか！」

まだ怜の顔形や名前すら知らされていない様子の男に、丹沢はわずかに肩をすくめる。

「いったい、どこへやったんだ!?」

「さぁ」

笑う丹沢の後ろで、部下が積み込み完了を告げる。丹沢はヘリのキャビンに無造作に足をかけた。その丹沢に向かって、男は手にしていた銃を構える。

「こんなことをすれば、国際的な大問題になるぞ！」

だが、現場には戦火の口火を切るほどの権限はないのだろう。中からすでに日本側のヘリに向かって照準を合わせている大型武装ヘリに対し、発砲は出来ないらしい。

「もとより、承知だよ」

丹沢は上昇をはじめるヘリの中から言ってのけた。

「最初から指定能力者の拉致《らち》が目的だったのか？　戦争にもなりかねないんだぞ！」

隊長らしき男はなじった。

「今、極東ロシアとやりあって困るのは、逆に日本側じゃないのかな？　長らく非人道的なやり方で施設内に監禁されていた第一種指定能力者の矢方怜自身が、亡命を希望しているとしたら？」

「何を証拠に!?」

「さっき、政府や報道各社宛に、ここの施設内で一ヶ瀬管理官が行っていた種々の手術や実験レポートの内容を送ったよ。確認してみてくれ」

丹沢は言い捨てると、離脱の合図を操縦士に送った。

Ⅱ

かなりの高速で飛ぶヘリの振動と騒音の中、怜はかたわらの丹沢の肩に頭をもたせかけた状態で薄く目を開けた。

無線からロシア語に入り混じり、日本語で何かが断続的にやりとりされている。だが、意識はまだぼんやりしていて、内容を聞き取るのは難しい。

頭が重く、丹沢の戦闘服のタクティカルベストに、様々な機器がついているのに焦点を合わせるのがやっとだ。それでも、沈むサイバーゾーンの危険域から、この男にすくい上げられたのはわかった。

そして、この男がどれだけのリスクを冒して怜のもとまでやってきたのかも…。

同時に、周囲の状況がつかめなくとも、この男以外には怜のためにそこまでできる人間がいないことも、あの時に抱き寄せられて感じた深い安堵も、理解していた。

「怜、気分は？」

ヘリの後部座席で、怜と共に並んで座った丹沢が声をかけてくる。

「頭が…」

怜が呻くと、丹沢の手が案じるように触れてきた。こんな状況下にあるのに、この手が触れているとやはり安心する。痛みもいくらかやわらぐ。

昔、丹沢には怜の痛みをやわらげる力があったというのは、嘘ではないのだとわかる。おぼつかない理性よりも、これまで半ば眠っていた精神面の方が、この男を信用しているようだ。

「かなり痛む？」

「…我慢できない程じゃない」

丹沢はかたわらの医療用のジュラルミンケースから鎮痛剤と中和剤だと説明し、薬を取りだした。水筒の水と共に差し出され、怜は震える手でそれを飲み下す。

「薬物治療の専門医によると、君は成長期に長期間薬を服用しすぎた。それなりに時間をかけて根気よく治療をしていかなければならない。その本格的な治療を受けられる場所に、君を連れて行きたいんだ。精神面でも知識面でも、怜本来の二十八歳という年齢相応のものにしてあげたい。わかる？」

丹沢はひと言ひと言、ゆっくりと言い含めるように説明した。その間も、ずっと丹沢の手が怜の手を握りしめている。怜の呑み込みの悪さに苛立った様子もなく二度ほど繰り返され、怜はわかったと頷いた。

「怜、今からが正念場だ。君にとっても、私にとっても」

耳許で打ち明ける男の言葉の一つ一つが、胸の内にことん、ことんと重みを持って落ちてくる。

「最後まで私を信用してほしい。君を助ける、必ず君との約束を守る。何があっても、私は絶対に君を裏切らないから」

手を握りしめたまま、丁寧に言い聞かせる丹沢の言葉に怜は頷いた。

「大尉、百二十キロ先、防空識別圏外にサハリンスクの航空部隊が待機中です」

ボリゾフが声をかけてくるのに、怜は少し驚いた。うまく認識できていなかったが、どうやらヘリそのものも、極東ロシア軍の人間が操縦しているらしい。

「…どこ？」

尋ねると、丹沢は薄く笑った。

「北上して、北関東エリアだ。国立公園の上空あたりだね。ここでじっとしていて」

どうしてそんな場所に…、と思う間もなく、ヘリの前部、操縦席に向かった丹沢はふいとかたわらの短機関銃を取り上げ、操縦士に突きつけた。

「大尉！」

驚いたように上がる声にも、丹沢は平静な顔で操縦士に向かって何かを命じている。そして、固まった機内のメンバーに向かって口早にいくつか言った。ボリゾフは険しい顔のまま、じっと動かない。

ヘリは下方にある林の中のわずかに開けた場所に急速に降下していった。

ヘリが着地すると、丹沢は素早く操縦士の腕を拘束した。その動きだけで、丹沢がずいぶんこの種の特殊訓練を積んできたのだとわかる。

続けて丹沢は側にいた隊員の方へと銃口を向け、両手を頭の後ろに組んだ状態でヘリから降りるように命じた。よどみない動きに隙はまったくない。

それでも、ボリゾフをはじめとした手練れのメンバーが何か反撃するのではないかと怜は危ぶんだが、ボリゾフはじっと丹沢から目を逸らさないまま、従った。

「怜」

丹沢に促されて怜もヘリを降り、同じように林の中に入ってゆく。

着陸したヘリの上を、三台の日本の軍用ヘリが旋回している。すぐに近づいてこないのは、反撃を警戒してのものなのかと、怜は梢越しにそのヘリを見上げた。

さっき、丹沢がくれた中和剤が効いてきているのか、聴覚も視覚も嗅覚も、今、ここに立っているという感覚ですら、鮮明になりつつあった。施設をほとんど出たことのなかった怜にとっては、音もヘリの旋回《せんかい》も、木々の梢や土の臭いなどといった何もかもが、強烈なまでの刺激だ。

上空でのエンジントラブルか何かで、武装ヘリが不時着《ふじちゃく》したと思われているらしい。ロシア語で投降を呼びかけてきている。丹沢が正念場だと言った意味が、徐々に呑み込めてくる。とんでもない事態だ。

怜と並んだ丹沢は短機関銃を構えたまま、メンバーに上空からは見通しの悪い林の中へと入るように促す。

「ヴァーニャ」

男は部下の一人に声をかけた。

「ボリゾフ軍曹の両手首を後ろで拘束したまえ」

命じられた部下が驚いたような顔を見せるのに、機関銃の先を向け、丹沢はさぁ…、と顎をしゃくって促す。

身体はがちがちに緊張していたが、怜は自分が邪魔とならぬよう、丹沢のやや後ろへと下がった。

すみませんと断り、腕に拘束帯を巻く部下を一瞥《いちべつ》して、長身のボリゾフは非難の目を丹沢に向けてくる。

「…正気ですか？」

「どうかな？」

いつものように口許に薄笑みを浮かべた丹沢は、脚も縛れと部下に命じ、ボリゾフの脚を拘束させる。

「狂っているとしたら、私がロシアに追いやられた頃からだね」

狂気を否定しない丹沢をどう思ったのか、ボリゾフはかすかに顔を歪めた。

ヴァーニャと呼んだ部下に銃口を向けた丹沢は、ヘリに乗っていた丹沢と怜を除くメンバーの手脚を、順々に拘束帯で巻かせる。そして、最後のヴァーニャの手脚は、丹沢自らが素早く縛り上げた。

「ミーシャ、幸運を祈る」

それがこの男《ボリゾフ》の愛称だったのか、両手首を縛ったボリゾフの拘束帯にゆるみがないことを確かめ、丹沢は声をかけた。

「日本は捕虜《ほりよ》に対する扱いのいい国だ。私に銃で脅され、やむなく従ったと証言すれば、半年程度で国には帰れるだろう」

地面に腰を下ろしたボリゾフは、怜には理解しきれない不可思議な表情を丹沢へと向けた。責めるような、それでいて哀れむような…、この男はどうしてこんな目で丹沢を見るのだろうと怜は思った。

「わが国と日本、両方から追われるんですよ？　正気だとは思えません」

「もとより承知だ」

丹沢は銃口を下げた。

「許してくれ、ミーシャ。君は非常に有能な部下だった。この事件が君の将来に悪い影響を及ぼさないよう、祈っている。君にこれを…」

丹沢は肩口についた隊章を外すと、ボリゾフの手に握らせた。

上空のヘリが、スピーカーを通した警告と共に降下をはじめる。

丹沢は着地したヘリから携帯式地対空ミサイルランチャーを取りだすと、そのヘリとは少し離れた方向に向かい、無造作に発射した。

降りかけていたヘリは慌てたように離脱してゆく。

「もうしばらくしたら、投降する旨《むね》を無線で伝えたまえ」

丹沢は無線機をボリゾフのかたわらに置いた。

「すぐにでもコンタクトを取るかもしれませんよ」

ボリゾフは苦々しげに言う。

「それも君の自由だ」

丹沢は手にしていたランチャーを地面に転がし、続けて腕の認証型測位器を投げ捨てると、怜の腕を取った。

「行くよ、怜」

怜は途中でボリゾフを振り返ってみたが、捨て台詞とは裏腹に、男はまだ無線機に触れる気配はなかった。

「ミーシャ…、ボリゾフのことなら、おそらく心配ない」

丹沢は林の斜面を怜に手を貸して降りながら言った。

「なぜ?」

「四年の間、私と彼はあの部隊で深い信頼関係にあった。共に死線もくぐった。私の境遇も知っている。本当のところ…、日本へ来た目的も知っていたのかもしれない」

わかるんだ、と丹沢は笑った。

「さっき渡した、あの部隊の記章は?」

ボリゾフが投げ捨てることなく、固く握りしめたもの。多分、あの男と丹沢との間には、それだけ強い信頼関係があったのだろう。怜にはよくわからないが、その信頼すら裏切ってまで、丹沢は怜を救い出すための賭けに出ている。

おそらく自分の持てる何もかもを捨てて…。

「私に出来る、せめてもの餞《はなむけ》だ」

丹沢は、林の中を通るスカイラインを横切り、車一台が通るのがやっとのような小道を降りた。

わが国と日本、両方から追われると言ったボリゾフの言葉が引っかかっているが、そうまでして怜をあの施設から連れ出した丹沢を疑う気持ちは、もうない。これほどのリスクを犯してまで、怜を救おうとした丹沢を信じると約束した。

怜の腕を取り、足を急がせる男に従い、懸命に足を速めた。これまでの運動量が少なかったため、早々に息が上がった。そんな怜がかろうじてついていける速さで、丹沢が精一杯急いでいることがわかる。

運動能力や頭脳に秀でているらしきこの男にとっても、今の怜を連れて逃げることはずいぶんリスキーなのだとわかるから、足手まといにならぬよう、懸命についてゆく。

しばらく行くと、木立の中にどっしりとした煉瓦《れんが》造りの建物が見えてくる。

手の込んだ黒い鋳物《いもの》の両開きの門の門柱脇には、紺の制服をまとった二人の警備員が立っていた。

そのかたわらには、三頭の猟犬を連れた白人が二人、ニットベストにタイ、ツィードのジャケットと、まるで狩りにでも出かけるような装いで立っている。

『ずいぶん、物騒な格好で来たんだね』

やぁ…、とハンチング帽を被った年配の白人が、息を弾ませる怜を見た後、丹沢に英語で気さくに声をかけ、内側から門を開いた。

『直行したんだ』

丹沢も英語で答えると、怜の肩を押した。

「怜、中へ」

促されて建物の方へと進む怜は、車寄せのある玄関の横にイギリス特区の旗が掲《かか》げられているのを見た。

「…ここは?」

怜の呟きに、丹沢は低く応える。

「イギリス大使館別荘だ」

それだけで薄々、丹沢の意図を察する。イギリス大使館別荘…、つまりは大使館や大使館公邸などと同じく日本特区内にありながらイギリス特区に属する土地、日本特区の治外法権となる場所だ。

少年の頃に一度、怜を連れて逃げようとした男は、あれから十七年程の時を経て、再び逃亡を企《くわだ》てているに違いない。子供の頃とは違う、今度は十分に逃げ切れるだけの知恵と力を携《たずさ》えて。

『彼がその?』

帽子のない、面長なサクソン系の顔に髭を蓄えた男が怜を興味深げに振り返る。

『そうだ、「昴《プレイヤードゥイ》」のリーダーだ』

プレイヤードゥイとだけロシア語で応え、丹沢は怜を安心させるかのように、背中にそっと手を添えてくる。

『様々な誘惑があっただろう？　今、ヨーロッパ圏では、どこも君達の力を喉から手が出るほどに欲しがっているからね。心より歓待するよ』

ハンチング帽をかぶった男は建物のかたわらのガレージの扉を開いた。

四台ほどの車が納まったガレージの一番手前には、大使館ナンバーをつけた銀色の流線型の車が収まっている。

丹沢は小さく苦笑した。

『これを？　ずいぶん派手な』

『そうだ、新車で用意した。治外法権車だ』

鍵を差し出す男のウィンクに、丹沢は怜を振り返って微笑む。

「アストンマーチンだよ、怜。ジェームズ・ボンドが乗ってる。覚えてる？」

イギリスの誇る一流スパイだと言われ、怜は昔、ライブラリールームで少年の頃の丹沢と肩を並べて映画を見たことをふと思い出した。

それが何の映画だったのかはわからないが、二人でわくわくしながらそのストーリーを眺めていた記憶が蘇る。確かにあの時、怜はイッキと共にいる時間が一番に楽しかった。

そうだ、楽しかったのだと、怜は瞠目《どうもく》する。

どうして、そんな思いを長らく忘れていたのだろう。誰よりも楽しくて、一緒にいるだけで時の経つのも忘れるほどだったのに…。

『あとは、英国籍の公用パスポートを二つ。今晩はトウキョウの英国大使館内に泊まってもらって、明日にはチャーター機でイギリスに向かえるよう手配した。出国の際には、わが国の担当大使館員がサポートする』

そう言って、ハンチング帽の男は怜に目を向けた。

『彼には希望通り、薬物中毒の専門医も用意した。若干時間はかかるだろうが、完治させることを約束する』

『色々な御手配、感謝する』

丹沢の言葉に、髭の男はおかしそうに笑った。

『ドライブには絶好の日和だ。まずは、その無粋な服を着替えたらどうだね？　せっかくだから、ゆっくりドライブを楽しみながら行くといいよ』

高原のハイウェイを、丹沢の運転するアストンマーチンがすべるように走ってゆく。運転も器用にこなすのだなと、怜は思った。

そうだ…、と怜は目を伏せる。

昔からイツキは何でも器用にこなして、怜の憧れでもあった。そんなイツキが自分を好きだというのを、いつもこの上ない高揚と共に不思議な想いで聞いた。

あの頃の胸の高鳴りがカーブする車と共に、ふわりと胸の内に蘇る。

上空を無粋なヘリが何台もよぎっていったが、検問も拒否可能な電波阻害《ジャム》のかかった治外法権車の効果は目を見張るほどだった。管轄交通局からの乗車人員の問い合わせに、車の方で自動的に丹沢や怜とはまったく別のＩＤナンバーを応えてゆくのに、丹沢が小さく横で笑いを洩《も》らす。

髭の男が言ったとおり、ドライブには絶好の日和なのだろう。黒のタートルネックの上にベージュのトレンチコートを羽織った怜は、外の光の眩しさに目を細めた。目に映る道路も山も林もその上空に広がる空も、髪を揺らす風や日射しですら、何もかもが新鮮だった。

そして、世界はこんなにも広く美しい。知らなかった…、と怜は窓の外を流れゆく景色に目を細める。

「トウキョウまで、九十八キロ」

標識を丹沢が読み上げてくれる。

その言葉を、怜は自分を解き放ってくれる呪文のように聞いた。

薄く開けた窓から入ってくる秋風が気持ちいい。

「怜、笑ってるの？」

ハンドルを握った丹沢が、ちらりとこちらに視線を投げてくる。

「そう…かな？」

まだ、あまり抑揚のない声で答え、怜は隣の男へと顔を振り向ける。

髪を風になびかせながら、丹沢もずいぶん楽しそうに目を細めていた。

「イギリスに行くの？」

「ああ、他に希望がある？」

怜は窓の外、木立の向こうにちらりと見えた海へと目を向けた。

「海が…見たい…」

「ああ、海、そうだね。約束したね、覚えてる？」

丹沢が声をかけてくるのに、怜は小さく頷く。

まだ、断片的にしか思い出せないが、忘れてはいない。

「…一緒に、海の側に住むんだ…」

いつか海の側で一緒に住みたいと願った、遠い日の約束。

うまく逃げ出すことができたなら…。

「…気分がいい」

これまでになく…、と怜は胸の奥でつけ足した。

上空を軍用ヘリが五台ほど連なって、後方に向かって低空で飛んでゆく。凄まじいはず

の爆音が、遠いものに聞こえることが嬉しい。

そうだ、嬉しいのだ…、と怜は笑った。

こんな風に自由に外をドライブできる日がやってくるなどとは、夢にも見たことがなかった。ずっと、長い間…。

逃げよう、必死でそう告げた想いや、忘れないと誓った恋心すら、イツキにまつわる記憶と共に、長い間忘れていた。

そうだ、ずっと好きだった…、と怜は微笑む。

そんな恋心ですら、施設内に閉じこめられていた怜には縁のない想いだった。すべて胸の内の深いところに長く沈めたままで…。

でも、丹沢があのイツキでないと一ヶ瀬に聞かされた時、ふいに死にたくなったあの想いは何だったのか、今はわかる。

絶望したのだ、自分には何もないと…。待ち続けていたイツキはいないと。

そして、遠く自分を呼び続けていた声のもとへと行ってしまいたくなった、何もかもを捨てて…。

「イツキ、迎えに来てくれて…、ありがとう」

怜の言葉に、シフトレバーから丹沢の手が動き、怜の手を握りしめてくる。

言葉はなくとも、しっかりと怜の手を取る指先に込められた力に、万感の思いが伝わってくる。

生まれ育った二つの国から追われることすら、承知だと言った男だ。世界のすべてを敵にまわしても、きっとこの男は怜の元へ戻ってくるつもりだったに違いない。

遠くからずっと呼ばれている気がしていたのは、間違いなかったのだと怜はまたちらりと見えた海へと目を向ける。

「ずっと呼んでた？」

「ああ」

丹沢は頷いた。

「君を探して…」

呼び続けていたと、丹沢は伸ばした指の背でそっと怜の頬に触れてきた。

そのおだやかで温かな感触、誰よりも自分にやさしく触れてくる手に安堵し、怜は静かに瞳を閉じた。

これからはずっと、一緒にいる…。

ずっと一緒なのだ…、と。

チーム『昴』キャラクターラフ

海辺にて

寄せては返す波の音が、開け放ったテラス窓から聞こえてくる。

「怜《れい》…、怜？」

イツキが自分を探して呼ぶ声に、ソファーの上に寝そべっていた怜はふと目を開いた。

ここにいる…、と思って身を起こすと、その気配を察したのか、足音が階段を上がってくる。

「また、ここにいたの？」

黒髪にブルーグレーの綺麗な色の瞳を持つ長身の男は、おだやかに笑った。

しっかりしたその腕には、岬の麓《ふもと》の村にある食材店で買ってきたらしき紙袋が抱えられている。店の名前がプリントされただけのシンプルな茶色の紙袋からは、バゲットが頭を出していた。

口の悪いイツキが、あの店で唯一まともな食材だと呼ぶバゲットだ。ジャムは甘すぎるし、缶詰は不味《まず》い。肉は古いし、野菜はしなびているというのが、イツキの辛辣《しんらつ》な評価だ。

眼鏡のよく似合う理知的な容貌《ようぼう》なのに、意外に食い意地は張っている。

「うとうとしてた」

怜は小さく笑う。日本を発《た》った頃に比べれば、表情はずいぶん増えてきたとイツキは言う。

「ブランケットをかぶらないと風邪をひくよ」

せっかく、ここに置いてあるのに…、とイッキはソファの背にかけてあるブランケットをぽんぽんと叩いてみせる。

「今日はまだ、温かだよ。それに風が気持ちよくて…」

言いかけた怜は、ふっと笑った。

「何?」

大きな紙袋を抱えたままの男は、軽くからかうように片眉を器用に上げて見せた。

「声を出さなくても、イッキが呼ぶ気配はわかるのに」

そんな怜の言い分に、イッキは深い溜息をつく。

「家の中にいることはわかってるのに、声も出さずに呼ぶのはすごく不自然なんだよ。頼むから、呼ばずにすむように出てきてくれ」

「だから、返事をしたよ」

目を細める怜に、イッキはお手上げだとばかりに両の手の平を小さく広げて苦笑してみせた。

「食事にしよう。準備を手伝って」

踵《きびす》を返しかけるイッキの袖を、怜は軽く引っ張った。

イッキ——怜を連れ出すために極東ロシアから日本へ戻ってきて、実際にこうしてイギリスにまで連れ出した丹沢斎《たんざわいつき》は、何?…、という顔を見せる。

「待って。今から夕暮れ時だよ、もう少し海を見よう」

怜の言い分に、イツキは少し笑った。

「晩ご飯が遅くなるよ」

「俺がパスタを作る。だから、一緒に…」

この夕方の海を見ないなんてもったいないよ、とつけ足すと、イツキは仕方ないなと、怜がたたいて示した三人掛けのソファに並んで腰を下ろした。

「確かにこの夕方の海を見ないなんて、人生の無駄遣いだね」

足下に抱えてきた紙袋を置き、丹沢は同意する。

明るい空色は薄紫へと色を転じつつあり、海は夕日を受けて金色に輝いている。時折、波頭が白く翻《ひるがえ》るのが見えた。遠くを小型の船が海を横切るようにして走ってゆく。

「ね？」

怜はさっきまで頭を預けていたクッションをイツキに手渡す。イツキがそれを自分の背にあてがうのを見届けると、ちゃっかりとその膝に頭を預けた。

頭の上でイツキが笑いを洩《も》らす。

「何？」

「…いや」

男は軽く否定すると、ブランケットを怜の上に広げた。少しひんやりしてきた夕風

「イツキは俺を甘やかしすぎ」

美しい海の様子と膝の温もりに満ち足りた気分になりながら、怜は呟《つぶや》く。

「これまでの分も甘やかさないとね」

そう答えた男は、ゆるやかに怜の肩や髪を撫でる。そして、部屋を見まわした。

怜のここにソファーを置きたいという言い分で、まだ荒れたこの部屋に布張りのソファーを置いた。ひびの入っていた窓のガラスだけは最初に業者に入れ直してもらったが、それ以外にはまだ手の入っていない部屋だ。壁紙も一部剝がれかけている。置いてあるのも、このソファーと床置きのスタンドだけだった。天井の照明も、まだついていない。

床板も浮いたところがあるので、最初、イツキはソファーを入れること自体を渋ったが、結局、怜の我儘《わがまま》の方が通った。

イツキはかなり、怜に甘い。

「寝室とキッチン、バスルームのリフォームが終わったから、下のリビングにかかろうかと思ってたけど…、次はこの部屋かな?」

「リビングでもいいよ。壁のペンキ塗りも慣れてきたし、壁紙の貼り方のコツもわかった」

怜は海を眺めながら、のんびりと答える。

隣の寝室からも、そして下のリビングやキッチンからも海は眺められるが、この部屋から眺める海が一番、視界を遮《さえぎ》るものもなくて広く美しい。だから、ここが好きだ。ベッドを探して入ったショップで、偶然気に入ったソファーをこの部屋に置きたいと思った。

ロンドンからエクスプレスで一時間ほどのブライトンに近いこの岬の家は、小高い海辺の丘の上にある。丘の下は切り立った白い石灰岩でできた崖《がけ》だった。少し歩けば、海水浴のできるビーチもある。

イギリス南東部のこの地は、曇り空の多いイギリスにしては晴れ間が多い土地だ。海もおだやかで美しい。イギリスに来て三年目の夏、海が直接臨めて静かなこの地に、二人はこぢんまりした古い家を買って移り住んだ。

水回りと一部朽ちかけていた床板、割れていたガラスなどは最初に業者に直してもらったが、あとは少しずつ部屋を住めるように改装しつつある。

最初のうちはロンドンから週末に車で通って、キッチンと寝室を仕上げ、寝室で寝られるようになってからは本格的に住居を移した。壁の色を決め、照明をつけ…、とのんびり経過を楽しみながら、家を徐々に快適な物に育てている。

このイギリスでは、古い家を時間をかけてゆっくり自分仕様に改装してゆくのが普通らしい。ロンドンをはじめとして、少し外れた郊外でも、百年、二百年…、時には数百年分も時を止めたような街並みをいくつも見かける。

「でも、誰かさんがこの部屋に入り浸ってるからね。荒れたままにしておくのは、忍びない。早くまともな部屋にしないと」

イツキの軽口に、怜は小さく笑いを洩らす。

このイギリス特区にやってきて、怜は二年ほどかけて専門医による薬物治療を受けた。治療そのものは楽なばかりではなかったが、その間に並行して、イツキも薬物治療のカウンセリング療法について学んでくれていたのが、心強かった。

治療中の二年の間、二週間に一度はイツキが同伴して様々な検査や能力解析を受けたが、最初にイツキが交わした約束通り、それ以上の協力は求められなかった。調子の悪い時には検査そのものを断ることもできたので、怜にとってはとても楽だった。

イギリス側は怜の能力をサイバー空間ではなく、むしろ、宇宙空間への進出に使いたいらしい。検査も基本能力を試すものがほとんどだった。

その間、二人が住めるようにと用意された郊外の専用フラットは快適で、心理的な抑圧を感じることもなかった。

それでも時々、どうしようもなく気分が落ち込むことはあった。

だが、イツキがうまく間に立って調整してくれたのもよかったのか、必要以上に結果を要求されることもなかったと思う。

とにかく薬に頼らず、様々な楽しいことを経験して、ポジティブな経験を増やしていこうという治療方針だったのもありがたい。

イツキと一緒にロンドン観光もしたし、動物園や美術館にも行ったし、映画や観劇にも出かけた。朝や夕の散歩、買い物もイツキと一緒だった。

怜がほとんど得られなかった十七年分の情操教育も含めて、まずはゆっくりと治療を…、というのがイギリス側のスタンスらしい。

機嫌を損ねて、話が違うと他国へ出て行かれても困るんだよ、というのは見た目以上にドライでしたたかなイツキの言い分だ。

意外に他人に対してシュールな皮肉屋なのだなと、イギリスに来てから知った。ただ、怜にはとにかく普通以上にベタベタと甘い男なので…、それも時々、度を過ぎているのではないかと思うほどなので、他人との温度差に驚くことがある。

イツキ以外の人間に対しては、非常にクールに接している。愛想がないわけではないが、必要以上の無駄口や世間話にも応じないという印象だ。もっとも、それはこのイギリス全般の国民性に近いので、格別、イツキが浮くというわけでもない。

しかし、やはり普段、怜に対する態度はかなり違う。普段のイツキは冗談も言うし、よく笑う。

下のキッチンの天井を塗っていた時には、長時間、天井の方を向きすぎで肩が凝ったと言って、ちょうど衛星ラジオから流れていた流行りのアップテンポなダンス曲にあわせて即興で踊っていた。一度、ロンドンでクラブを覗いた時、曲にあわせてリズムをとっているのは見たが、本気で踊れるとは思っていなかった。むしろ、そこまで弾けるとは思っていなかったというのだろうか。

一緒に踊ろうと言われて戸惑ったが、教えられたダンスが楽しかったので、最後は笑いながら一緒に踊った。怜にとっては、あれが初めてのダンスだ。

あと、スキンシップも多い。本当に驚くほど多い。このあたりの感覚は、思春期に日本を出て極東ロシアに行ったことも関連しているのかもしれない。

頬や額、手などに何気なく贈られるキスの頻度は、日本人とは違う。公衆の面前や街中であっても、怜と手をつないだり、腕を組んだり、腰を抱いたりするのは平気らしい。

もっとも、怜自身、これまでの経験上、そう日本人同士の距離感に精通しているわけではないし、ロシア人はスキンシップを好むという程度の話しか知らないので、はっきりとは言えない。

ただ、イギリスがゲイに寛大な国でよかったとは思う。どのカウンセリング医も、研究所の担当員も、皆、イツキのことを怜のパートナーとして扱ってくれる。少し照れるが、妙な言い訳をしなくていいのは助かる。

同時に、過去にイツキと自分が共依存性が高いといわれた理由も、何とはなしにわかる気がした。

イツキは怜との間に、誰かが混じることを好まない。そして、怜自身もイツキと二人きりでいるのが一番楽でもある。二人の間に他者が介在《かいざい》すると、どこか違和感がある。それを閉鎖的と呼ばれるのなら、いっそそう思ってくれていい。

いつまでも二人きりでずっとこうしていたい。いつまでも海の側に暮らしていたい…、そう思いながら、怜はイツキと二人、言葉もなく美しい夕暮れ時の海を眺めていた。

すっかり日が沈み、波間に残っていた金色の日の名残も夕闇に消えた頃、怜はソファーの上に身を起こした。

「ディナーを用意しよう。俺がパスタを作るから、イツキはサラダを頼むね」

ブランケットをたたみながら言うと、了解…、とおそらく怜が考える以上に万能な男は頷き、立っていって薄暗い廊下に明かりをつけてくれる。

「お酒、飲んでもいいよ」

階下のキッチンへと階段を下りながら、怜はイツキの肩に手をまわした。やや着痩せして見えるイツキの身体は、実際にはかなり鍛え上げられ、引き締まっている。

当初、サイバーチームだと言って日本に乗り込んできたが、本来は情報特殊部隊所属の遊撃班《ゆうげきはん》だったのだという。極東ロシア軍の構成がどういうものか不案内なため、遊撃の意味もよくわからないが、ようするにサイバー工作も行える特殊部隊のようなものらしい。

もっとも、怜が率《ひき》いていたメンバーも、怜以外は傭兵《ようへい》や軍人としての実戦経験があったので、立場的には変わりないのかもしれない。

今もなお、イツキは日々、ずいぶんストイックにトレーニングを行っている。いつ、何があるかわからないからね…、と言うイツキは、時に怜以外の世界中を信用していないようにも思える。

それは自分の意思に反し、十四の歳で他国へと送り込まれたイツキならではの世界観なのだろうか。胸が痛むと同時に、そんなイツキがずっと抱き続けた孤独も怜にはわかる。側にいて、肌を合わせると、言葉にせずとも痛いほどに伝わってくる。

「いいよ、別に」

必要ないし、とイツキは怜の頭を抱えるようにし、ふざけながら階段を下りる。

「俺にとっては、怜がアルコールみたいなものだからね」

薬物依存症の治療のため、怜自身はアルコールはずっと控えている。もともと飲む習慣がなかったが、何が悪化の引き金になるかわからないからと医師から指示があった以外の薬物やアルコールは摂取していない。

「俺がアルコール？」

尋ね返すと、わからないならいいと、イツキはキッチンの明かりをつけて冷蔵庫の前へと行ってしまう。今ひとつ意味はつかめないが、これはイツキなりに照れているのだろう。

冷蔵庫を覗き込んでいるが、こちらを見ない気配でわかる。

怜は苦笑すると尋ねた。

「どのパスタがいい？」

ようやくサラダ菜とトマトをつかんだイツキが振り返る。

「シンプルなオイルパスタがいいかな？　ベーコンと何かで」

平静を装っているが、やはりこの顔は照れているのだとわかる。怜はまだ、あまり他人とのコミュニケーションがうまくはないが、イツキに限っては裏で考えていることもたいていはわかってしまう。

それはおそらく、イツキの方も一緒だろう。

なので、アルコール云々については突っ込まないことにした。

「了解」

怜はイツキのかたわらに行って、具材としてベーコンとマッシュルームを選び、野菜を入れた木箱からはたまねぎとニンニクを取った。

もともとからかいや冗談のタイミングはうまく取れないし、わかっていてそれ以上からかうと、意外にもイツキは拗《す》ねる。

見た目には十分成熟した大人で、事実、怜よりもはるかに世間慣れもしているくせに、拗ねる。そうなると、少々面倒くさいということも、怜にはわかってきた。

いや、すでにわかっていたというべきなのか。子供の時も、時々、こんなことはあったっけ…、と湯を沸かす鍋のかたわらで怜はベーコンを厚めに刻んだ。

料理の仕方を教えてくれたのも、イツキだ。最初は外食時以外、食事をすべて用意してくれていたが、治療が進んで精神状態も落ち着いてきた頃から、少しずつ日常生活の一環として教えてくれ始めた。

イツキが教えてくれた料理以外にも、最近はレシピも読み上げ機能があるし、専用動画も多い。料理というはっきりと形でイツキを喜ばせたり驚かせたりするのが楽しくて、イツキの留守中に少しずつ作るうち、レパートリーもそれなりに増えてきた。

「怜、上のあの部屋」

パスタを盛りつける皿を出しながら、イツキが言った。

「部屋の壁は何色にする?」

湯に投入したパスタをかき混ぜる手を止め、怜は少し首をひねった。

「やさしめのペパーミントグリーンかな? シンプルな壁紙を選んでもいいけど…、やっぱり、ごく淡いグリーンがいい気がする」

お気に入りの部屋だ。やはり明るい部屋にしたい。

「いいね、今度、ホームセンターを見に行こう」

今、週に三日、極東方面のサイバー系顧問として勤めはじめたイツキは、盛りつけたサラダをテーブルに運びながら誘う。

「ホームセンターの近くに、アニマル・シェルターがなかった？」

「あるね、何か飼いたい？」

尋ねられ、怜は頷いた。

「犬を見たいな」

ペットを飼うのは情操面《じょうそうめん》でいいんだよ、と怜の担当医が前に勧めてくれはいた。だが、今ひとつ怜自身も落ち着いておらず、もっと自分が精神的に余裕を持ててからにしようと思っていた。

いつか人なつっこい犬を飼おうというのは、子供の頃にイツキとした約束でもあった。

そういえば、あの頃から自分は大人になっても当然イツキと一緒にいると思っていたのだと、怜は出来上がったパスタをテーブルに運びながら目を細める。

「そうだね、そうしよう」

怜の提案に、イツキは嬉しそうに答えて隣に座った。

テーブルをはさんで向かい合わせに座るよりも、隣に並んだ方が距離が近い。そのため、イギリスに来てからずっと、当たり前のように並んで座っている。

いただきます、と二人で手を合わせて食事をはじめる。

これも子供の時以降、怜が一人で食事をするようになってからはなかった習慣だし、イツキもしなくなって長いと言っていた。

だが、二人で再会してから、なんとはなしに互いに食事前には手を合わせるようになった。こうして一緒にする食事が、どれだけ楽しく嬉しいものかわかっているからだ。

コンソメを隠し味に使ったオイルパスタも、イッキの作ったナッツとフルーツを散らしたサラダも美味しい。

そのサラダを口に運びながら、怜はふと呟いた。

「皆、元気かな?」

「皆?」

イツキは不思議そうにフォークを操る手を止めた。

「うん、皆。『昴』の仲間」

仲間と呼んでいいのかどうかはわからないが、おそらく七、八年は一緒に活動していた。おそらくとしか言えないのは、自分の記憶が曖昧だからだ。それに関しては、薬の影響なので無理に思い出すことはないと、治療担当医もイツキも言う。

ただ、今となってみれば懐かしいのだ。声すら明瞭に思い出せるわけではないが、サイバー空間で常にかたわらにあり、その命を預かり、時には命を預けていた——怜にとっては確かに仲間と言うべき存在だった。

井波《いば》や赤間《あかま》には、いつもからかわれていたような気がするし、宇野《うの》とはほとんど話らしい話もなく、データのやりとりをした記憶しかないが、それでも一緒にいた。

槇《まき》や江口《えぐち》など、どうしているだろうか。あの二人には、精神的なサポートももらっていた気がするのに、うまく思い出せないのはなぜか悲しい。

怜がいない以上、チーム『昴』としての活動は中止となる。情報工作員の数そのものを増やして、他国と同じ防御方法を展開するしかないだろうとイツキは言っていたが、皆、元気にしているのだろうかと気に掛かる。

一ケ瀬《いちがせ》に対する思いは複雑だ。一時なりとも、思慕を寄せていた記憶はある。それでいて、怜やイツキがこうなってしまった元凶であることを思うと、何とも辛く、気分が塞ぐ。それ以上考えることがいたたまれなくなってしまう。明らかに一ケ瀬を憎悪しているイツキとは異なり、憎んでいるとか、嫌いという感情よりも、本当に途方に暮れ、考えることが辛くなってしまうのだ。

あれだけの大罪だ、間違いなく収監されているだろうとイツキは言うが、刑に服してすむのなら、服役して欲しい。

恐ろしいと思ったことはあったし、イツキをひどい目にあわせたことを考えるとやはり許せるものではない。だが、薬や記憶操作、思考の刷り込みなどもあるのか、一息に憎むという感情よりも戸惑いや困惑が先立つ。

どうして自分達がそんな扱いを受けなければならなかったのか、不思議になる。

そうイツキに伝えると、無理はしなくていいのだといつも言う。

そんなイツキは常にドクターらしい静かな表情と口調だ。胸の内ではずいぶんな怒りを抑え込んでいるのだろうが、決まって淡々と答えるのは一ヶ瀬のためではなく、おそらく怜の精神状態を思ってのことだ。

そう言うイツキ自身も、かつての極東ロシアでのチームメンバーに、幾度か送金した節がある。

イツキや怜が今、イギリス政府から研究貢献への報奨金《ほうしょうきん》として受け取っている金額は、かなりのものだ。どうやらイツキは、それをかつてのメンバーであるボリゾフに宛てて送ったようだ。

最後に残してきた隊章は、それについての何らかのメッセージだったのだと怜は思っている。

イツキなりの仲間への償いなのだろうか。ボリゾフらはすでに除隊《じょたい》し、警備会社を立ち上げたとイツキが言っていたので、その資金だったのかもしれない。

「今度、一緒に潜ってみようか。何かわかるかもしれない」

日本で『昴』に用いられていた特殊な装置がない以上、サイバー画面上での動きしか把握できないが、それでも何か他の特区の動きも合わせて、探ることが出来るのではないかとイツキは言った。

槇や江口、宇野や井波、赤間らが、自分を憎んだりしていなければいいが…、という思いが胸をよぎる。今思うと、槇はいつも怜を案じてくれていた。当時はあの温かな庇護にほとんど気を留めることはなかったが、救われていた一面もある。

イツキ自身は、あまり槇のことをよく思ってはいないようだが…、と隣の男を見ると、イツキはすでにそんなもの思いに気づいているらしく、悪戯っぽい目を見せた。

「デザートの桃を食べたら、一緒にシャワーだよ」

その言い分に、しんみりしていた気分も忘れて笑ってしまう。

「イツキ、今、いやらしいことを考えてる」

行儀悪くフォークの先で男を差すと、イツキはしれっとした顔で両手を広げてみせた。

「どんなこと？　何を想像したか、言ってみて」

ふてぶてしい言い分に、怜はその脇腹を突いた。


風呂上がり、バスローブに濡れた身体を包んだ怜の頭に、ばさりとバスタオルがかぶせられる。

「怜、ちゃんと髪を拭いて」

君の風呂の入り方は、西洋人並みだとイツキがぼやきながら髪を拭《ぬぐ》ってくれる。それぐらい、色々と荒いらしい。

　でも、こうして甘やかされるのが心地いいから、いつまでも髪をほとんど拭かないのだと言ったら、イツキはどんな顔をするだろう。

　それとも、当然それもちゃんと見抜いているのだろうか。

「髪ぐらい、多少湿っててもいいのに」

　答えた怜は、男の口許が笑っているのを見る。

　やはり、好きでこうして怜を甘やかしているのだとわかる。

　なので、怜は伸び上がってイツキにキスをした。

　ライトなキスだけのつもりが、湿った身体ごと抱きすくめられ、濃厚なキスへと持ち込まれる。

「ん…」

　巧みなキスに湯で温まった身体はたやすく弛緩《しかん》し、蕩《とろ》けたようになる。

　舌を絡《から》め、口蓋《こうがい》を舐めあげられると、腰のあたりがたやすく揺れる。

　思わずすがりついた腕に、半ば抱き上げられるようにして寝室へと運ばれた。

　ベッドの上に仰向けに横たえられ、同じように湿った身体をローブに包んだイツキの身体を受けとめる。

　すでに昂った下肢が触れあうと、ローブなど邪魔なだけで、夢中で互いのローブを肩から抜きながら、唇を貪りあった。

「…イツキ、…イツキ」

キスの合間に、懸命にイツキの名前を呼ぶ。

「…ぁ」

大きな手の平に昂った性器を握りしめられ、ゆっくりと揉み込むようにされると、怜は小さく呻《うめ》いて、その厚みのある男の肩に縋った。

「…ぁ…、ぁ…」

喉を鳴らし、与えられるその唾液を懸命に飲み込む。その合間に胸許をキュッとつまみれ、さっきまでとはトーンの違《いじ》う悲鳴と共に、身体をよじってしまう。

それでも執拗《しつよう》に胸許を弄られ、怜は幾度も白い裸身を痙攣《けいれん》させた。

胸許に唇を這わされ、乳暈《にゅううん》ごと乳首をやわらかく吸い上げられる。

そのやんわりとした温かくヌメる舌の感触が何ともいえず、喉奥から子供が甘えるような声が洩れた。やさしく舐め食《は》むようにされると、その先の行為をねだるようにイツキの頭を抱く腕に力がこもる。

「…ん」

逞しい盛り上がりを見せる男の筋肉を熱っぽくなぞり、指を伸ばしてずっしりとした重さのある砲身《ほうしん》を握りしめる。

「ぁ…っ、ぁ…」

湿り気を帯びたその硬さと熱い質量を手に握っただけで、息が弾んだ。

怜は自分から両膝を立て始める。

「…欲しい？」

尋ねられ、両脚の奥へと指を伸ばされながら、がくがくと頷く。下腹部に手に握った逸物の長大さを意識させるように押しつけられると、勝手に口が開いた。

「うん、早く…」

イツキの長い指が双丘をこね上げ、ひっそりとした谷間をあえて卑猥な形に押し開くと、さらに淫らに膝が崩れる。

「イツキ…」

怜が呻くと、サイドテーブルを探った指が、ゆっくりとジェルを塗りつけてくる。その温かさととろみとに、怜は期待に喉を鳴らした。

イツキが思わせぶりにゴムをつける時間すら、もどかしい。

「んっ…」

長い指は幾度となくイツキ自身を受け入れてきた箇所に、さほど抵抗もなく沈み込んでくる。その節の高さ、指の長さも怜を煩悶させる。

怜はその指を懸命に喰い締めながら、自分も膨れ上がったイツキのものにジェルを絡め、愛撫を施した。

ようやく片脚を抱え上げるようにされ、怜は期待に震えながら下肢の力を抜いた。

先端をあてがわれただけで、息が弾む。

「いい子だね」

悪戯っぽい声にからかわれても、甘ったるい声が喉に絡んだだけだった。

「…あっ…、んぅ…」

内部に塗り込められたジェルが溶ける感触と共に、たっぷりとした質量がヌウッ…、と怜の中に押し入ってくる。

「怜…」

満足げなイツキの呻きに、怜は喘ぎながら少しでも下肢の力を抜こうと、大きく息を吐き出す。そうすると、自分の内側が押し包むように猥りがましく、熱く猛った男のものに絡みついてゆくのがわかる。

「あぁ…」

たまらない…、と怜は喉を鳴らす。

「…怜」

イツキも怜の上に覆いかぶさり、怜の両脚を抱え込むようにしてきた。

「ぁ…、そんな奥まで…」

より深くその太股を抱き込み、奥への結合を図《はか》りながら、イツキは無理のない力でゆるやかに怜を揺さぶりはじめる。

「ぁ…、ぁ…、イツキ…、いい…っ」

イツキ、イツキ、…、と何度もその名を呼びながら、怜はうっすら汗に濡れ、ピンク色に上気した身体をのたうたせて、そのがっしりとした腰に脚を絡めた。

イツキが眉を寄せながらも、愛しげに自分を見下ろしている。

首に腕をまわし、キスをねだると、舌が痺れるほどに甘く吸われる。

この瞬間が、たまらなく愛しい。

身体を二つに折り曲げられた苦しい姿勢で、信じられないほど体奥深くまでイツキ自身が入り込んでいることを意識する。

恥ずかしいほどに濡れた音が壁に響いている。ジェルが蕩けて、脚の間を臀部《でんぶ》まで伝い、シーツを濡らしているのがわかる。

「ぁ…、濡れて…」

「ん…？　怜の中が…？」

荒い息の間からなおもからかわれ、怜はほとんどむせび泣きながら、羞恥に身悶えた。

濡れた音と共に深く下肢をえぐられると、頭の中がぼうっと白く痺れ出す。

「イツキ…、イツキッ」

こんな恥態を晒してみせるのはイッキだけなのだと、こんな風に身体を許したのはイッキだけだと、その腕に縋《すが》りながら与えられる強烈な快感を追う。
シーツの上で四肢を絡み合わせ、互いの身体が交じりあうような感覚さえ覚えながら、怜は何度も男の名前を呼んだ。

明け方、怜はふと目を覚ました。
空はすでにうっすらと明るくピンク色に染まってきている。
窓辺へと目を移すと、海もまた銀色に輝きはじめていた。
その美しさに怜は思わず目を細める。
イツキを起こさないよう、静かに身を起こしかけるが、その肩を長い腕が捉えた。
「怜、もう少し寝て…」
半ば寝ぼけたようなイツキの声が、低く呟く。
勤務のない日の朝は、イツキはあまり寝起きはよくない。
怜はその肩口に顔を埋めながら、目を閉ざしたままの男にそっと頬を寄せる。
端整な顔立ちに、少し伸びた髭も似合う。
イツキ…、と怜はそっとその顎に手を添えた。

「うん…」

声に出さなくても、半ば眠った男は答える。

愛してる…、頬に口づけると、シーツの上に投げ出されていた腕が上がり、ゆっくりと応えるように怜の髪を撫でた。

愛してる…、もう一度胸の奥で呟くと、薄くイツキが目を開ける。その目が愛しげに細められている。

もうすぐ、この家には人なつっこい犬がやってくるだろう。

そして、自分達はこれから先もずっと一緒に、この海の側の家で暮らすだろう。

男のかたわらに身を埋めた怜は幸せな予感に小さく微笑みながら、その温かな手に自分の指を絡め、胸許深くに抱き込んだ。

あとがき

　無謀《むぼう》にも、いきなりBLACKにて、花丸初登場のかわいでございます、こんにちは。

　なぜ、おまえがこんなところに…、と思われた方、申し訳ありません。「普通の花丸とBLACK、どちらでもいいですよ。ただし、BLACKだと、円陣《えんじん》さんのカラーが二枚になります」と担当さんに言われ、まんまとつられました。すみません、浅はかで。

　でも！　でも、つられておいてよかった！　ナイス、カラー二枚！　表紙がすごく凝った構図で格好いい！　そしてさらに、ビバ口絵！　口絵ラフが来た時、BLACKで受けててよかったと心底思いました。

　お客さん、今回、本当にラッキーですよぉ…っていうような、ナイスショットですよね！　自分の本の口絵はそんなに肌色率高くないことが多いので、素敵な過激度に狂喜乱舞《きょうきらんぶ》です。嬉しい！

　それにチーム『昴《すばる》』も！　いただいたラフがあんまり素敵メンバーだったの

で、ラフを入れて頂きました。多分、挿絵にはほとんど登場しないのじゃないかと思うので、ぜひ、メンバーのラフをご堪能ください。

個人的には、槇《まき》は怜《れい》のこと好きだったと思ってます。

今回、設定を近未来ー…、な感じにしてみました。

なんか時を超えて、お互いに求め合うのがいいなーと思いまして。

二人の愛の逃避行ー…、などと意気揚々《いきようよう》とプロットを出したわりには、仕上げるのにずいぶん時間がかかってしまいまして、担当さんには非常にご迷惑をおかけしてしまいました。わかりにくかったり、納得いかなかったりで、こんなにあちこち書き直したのも久しぶりかもしれません。

ちゃんと最後まで、皆様に伝わってるといいなぁと思いつつ。

円陣先生にも、本当に絵に起こせと言われれば、すごく難しい世界観だろう話を、とても素敵に仕上げていただき、心からお礼申し上げます。色々ご迷惑もおかけして、申し訳ありませんでした。ありがとうございます。

そして、遅々《ちち》として進まないわりには、始終、書き直す原稿に、都度目を通して下さった担当さんも、ありがとうございました。こんな題材にゴーを出して下さって（プロットを出した時には、通らないんじゃないかなと実は思っていました…。イベント時にすぐ前でプロットに目を通されたことは、今も忘れません）、本当に励みになりました。嬉しかったです。

最後になりますが、目を通して下さった皆様方にも、ここまでおつきあいいただき、ありがとうございました。

ご感想などいただけると、すごくすごく嬉しいです。

それではまた、次にお目にかかれますよう。

かわい有美子《ゆみこ》拝

作家・イラストレーターの先生方へのファンレター・感想・ご意見などは
〒101-0063東京都千代田区神田淡路町2-2-2
白泉社花丸編集部気付でお送り下さい。
編集部へのご意見・ご希望などもお待ちしております。
白泉社のホームページはhttp://www.hakusensha.co.jpです。

花丸文庫 BLACK

Calling《コーリング》

2014年10月25日　初版発行

著　者　かわい有美子 ©Yumiko Kawai 2014

発行人　菅原弘文

発行所　株式会社白泉社
〒101-0063 東京都千代田区神田淡路町2-2-2
電話 03(3526)8070[編集]
電話 03(3526)8010[販売]
電話 03(3526)8020[制作]

印刷・製本　株式会社廣済堂
Printed in Japan　HAKUSENSHA
ISBN978-4-592-85126-4

定価はカバーに表示してあります。

●この作品はフィクションです。
実在の人物・団体・事件などにはいっさい関係ありません。

好評発売中　花丸文庫BLACK

★薄幸の皇子が見た、愛と哀しみの果て！

後宮皇子

西野 花　イラスト＝座裏屋蘭丸　●文庫判

女神信仰の宗主国エメリッヒで、現王の子でありながら「神の御子」として虐げられてきたメルヴィン。18の年に、兄皇子たちの欲望を満たすため後宮入りすることに…!? 禁忌の兄弟相姦ロマンス！

★ハードで切ない「涙」シリーズ第2弾！

月下の涙 〜鬼と獲物の恋〜

月東 湊　イラスト＝陸裕千景子　●文庫判

鬼が見える潮と、人を食べられない優しい鬼。慕い合い、身も心も相手に溺れきっていたが、鬼が急に痩せ衰え始める。潮を食べなければ、鬼は霧となって消えるという。究極の選択を迫られた二人は…!?